Arbër Ahmetaj

Fletëhyrje për në varr

Tim eti, tim biri
dhe shpirtit të qytetit
që na lindi.

Copyright © Arbër Ahmetaj
Brussels, Belgium, 2020
All rights reserved.

RLBOOKS
RL Books
is part of "Revista Letrare"
www.revistaletrare.com
info@revistaletrare.com

Ahmetaj, Arbër
Fletëhyrje në varr :
shënime për s'di se çfarë dreq vepre letrare /
Arbër Ahmetaj ;
red. Ornela Musabelliu, Dritan Kiçi.
Ribot. Tiranë : RL Books, 2020
134 f. ; 11.1x17.8 cm.
ISBN 978-9928-324-13-9

1.Letërsia shqipe   2.Proza   3.Kritika, interpretimi
4.Shkrime, korrespondenca për shtypin

821.18 -3
821.18 -3 .09 (082)

Design dhe përgatitja për botim: Shqipto.com
Kopertina: Darkness, Dritan Kiçi
Fotot nga Armando Babani
dhe The Bohemian Blog

Arbër Ahmetaj

Fletëhyrje për në varr

Shënime për s'di se çfarë dreq vepre letrare

RLBOOKS
2020

***

Është fundi i shekullit XX në Shqipërinë komuniste. Në një qytet të paralizuar nga mungesa e lirisë, dikush hedh ca shënime, ndoshta si një bazë për një vepër letrare të papërcaktuar, të re. Bashkëqytetarët, që thuajse dinë gjithçka rreth njëri-tjetrit, e shpallin menjëherë shkrimtar; një titull i çuditshëm; njëkohësisht objekt krenarie, talljeje dhe frike.

Thashethemi se shënimet do shnderroheshin në roman, bën që "shkrimtarit" t'i vijnë dhjetëra letra nga njerëz anonimë, që rrëfejnë histori të pabesueshme, halluçinante dhe zbulojnë një botë të bllokuar, të paralizuar nga frika, dyshimi, vdekja dhe mungesa e arsyes.

Aty-këtu, në këtë agoni, spikasin histori dashurie, po aq prekëse sa edhe të çuditshme, si rreze drite në errësirën e një bote bardhë e zi.

Në qytetin tim, banorët flasin për politikë dhe për dhëmbët e dhëmballët e njëri-tjetrit. Vite më parë hodha në letër ca mendime, në hyrje të të cilave shkruhet: "Shënime për s'di se çfarë dreq vepre letrare!".

Kjo gjë u mor vesh shumë shpejt dhe nuk u desh më që të shpallesha shkrimtari më i madh i ndaluar i qytetit.

Qenë thurur gjithfarë legjendash, nganjëherë aq të bukura sa më pëlqente t'i besoja si të vërteta. Kulmi mbërriti kur fillova t'i tregoj edhe vetë.

I nxora para pak ditësh nga një dosje e mykur ato shënime famëmëdha dhe, i ulur para një makine të vjetër shkrimi "Oliveti", shkrova për orë të tëra duke u përpjekur t'i ringjall.

Më është mbushur mendja top se jam shkrimtar i madh! Kam vendosur ta shkruaj një roman. Fundja pse të mos e shkruaj?! Sinqerisht e kam! Sa njerëz në botë kanë bërë romane pa qenë fare të famshëm? Unë edhe pa e shkruar jam i famshëm! A nuk është kjo një arsye e mjaftueshme për ta shkruar me çdo kusht? Metoda ime e punës si shkrimtar nuk është edhe aq interesante, ndaj nuk ia vlen t'ua rrëfej fije e për pe, por ajo që po ndodh me romanin tim është e habitshme, tepër e habitshme!

Fletorja 11, faqja 130
Qysh kur u pëshpërit se edhe poeti më i njohur i qytetit tonë kishte filluar të luante bixhoz, shumëkush e humbi drejtpeshimin e ruajtur deri atëherë. Shtëpia botuese më e madhe e shtetit ia kishte kthyer dorëshkrimin e fundit me një shënim për faqe të zezë. Jo veç ai, i gjithë qyteti u ndie i fyer. U mblodhën para ndërtesës së komitetit me një pezëm të madh në fytyrë. Nuk bënë asnjë veprim, ndenjën aty në turmë si në një hutim kolektiv, që më tepër u qe ngjitur sesa u buronte nga shpirti. U shpërndanë vonë pas mesnate nëpër klubet e errëta plot lagështirë, me një revoltim të turbullt në shpirt, ndjesi që e mbytën në avuj alkooli, duhma thashethemesh e erë myku.

I dyti poet me emër në qytet, B.M. nuhati lavdinë e afërt. Pasi u dend me raki, u nis drejt shtëpisë së dashnores, pa përfillur orarin e caktuar qysh më parë. I ra ziles me forcë dhe veç pak sekonda më vonë në derë u shfaq Arlinda C, gruaja simpatike e farmacistit miop. Fill pas saj i shoqi. B.M. vërejti se sapo kishin dalë nga dushi, të lagur dhe kundërmonin erë shampoje (me atë shampo ishte larë disa herë edhe B.M).

- Cilin kërkoni? - pyeti me mirësjellje Arlinda C.
- Ty! - tha B.M., duke u rrasur brenda.

- Kjo është shtëpia ime! - klithi farmacisti miop, si Arkimedi i Sirakuzës, që u tha ushtarëve të Romës: "Mos i prekni vizatimet e mia!".

Poeti B.M. s'kishte punë as me shtëpinë, as me farmacistin miop. Atij i duhej gruaja. Ushtarët e Romës e kishin vrarë Arkimedin e Sirakuzës, pa ia prekur vizatimet që nuk i kuptonin, ndërsa në shtëpinë e farmacistit, atë mbrëmje, ndodhi ajo që do ta kishte tronditur qytetin për jetë të jetëve sikur shpejt, në qytetin fqinj, të mos kishte ndodhur një hata më e madhe, që e hodhi ndodhinë e qytetit tonë në harresë për shumë vite. Me atë rast u harrua edhe mëkati i poetit, që luante bixhoz.

* * *

Duke e rilexuar një paragraf nga fletorja 11, vërejta poshtë derës tre fletë format, të mbushura me bukurshkrim dore, me këtë titull: "TRIO(pato) LOGJIA".

Në faqen e parë qe shkruar:

E para
Isha shumë i vogël atëherë. Sa i vogël? Nuk e di! Nuk e mbaj mend. Di vetëm që atë e shihja çdo ditë. Sa herë shkoja në shkollë. E gjeja aty, në oborr. Më priste. E hollë, e gjatë, tmerrësisht elegante, përsosmërish e rrumbullakosur, e lëmuar, e pastër. E shihja dhe ajo rrinte drejt. Më pëlqente t'i hipja sipër,

por kisha frikë. Një ditë e vendosa e iu përvesha me guxim. Pështyva duart dhe u nisa. Ajo më priste aty, pa lëvizur.

Mbaj mend se kisha veshur pantallona të shkurtra. Kofshët filluan të më rripeshin nga fërkimi me trupin e saj hollak, por nuk u dhashë. Kisha vendosur t'ia arrija patjetër qëllimit. Kur e pushtova plotësisht, kur e vura përfundi, kur pashë që rrinte kokulur poshtë meje, desha të zbres, të rrëshqas nga trupi i saj. Në atë moment ndjeva kënaqësinë që m'u duk një mrekulli e vërtetë: një prushërimë e brendshme, e paprovuar kurrë më parë. Muskujt m'u shtendosën dhe gati po bija. Në mbathje, prej lucit të kreshpëruar, më kishin rënë ca pika gjysmë viskoze, një lëng që nuk e di se me çfarë ngjante. Ajo heshtte. Rrinte aty, pa çarë kokën për hallet e mia. Një mospërfillje e stërgjatë, metalike. I lumturuar dhe i habitur njëkohësisht, pas asaj dite kam dashur t'i hipja çdo ditë.

Duke mos qenë aspak xheloz, këtë ua rekomandova edhe shokëve. Na pranonte të gjithëve. I hipnim me radhë. Nga mëngjesi deri në mbrëmje, deri sa sfiliteshim. Ajo s'lodhej kurrë; indiferente ndaj kënaqësive dhe dështimeve tona, se ish veç një shtyllë metalike, në mes të oborrit të shkollës.

E dyta

Burri me vraga në fytyrë (thonë se i ka edhe në shpirt) ulej katër ditë në muaj para shtëpisë së Lizës.

Ajo qe shoqja e tyre e klasës. Trembëdhjetë vjet hijeshi kishte. Puberteti i kishte ardhur herët, kur ishte veç dymbëdhjetë vjeç. Tani ishte vajzë e rritur. Gjithë djemtë e klasës kishin rënë në dashuri me të. Tjetër gjë është se asnjëri s'guxonte t'i thoshte një fjalë. Vetëm burri me vraga në fytyrë i afrohej herë pas here. Ata, djemtë, e kishin vënë re tek vinte çdo të shtunë te shkolla, kur klasa e tyre kishte fizkulturë. Rrinte aty, ngulur pincë!

Një herë në muaj, Liza bënte fizkulturë me tuta. Shumë mirë ia bënte, pse të mos bënte? Ato tuta sportive qenë! Vumë re se bash në atë periudhë, burri me vraga në fytyrë, jo veç që vinte për ta parë vajzën në fizkulturë, por sillej edhe rrotull shtëpisë së saj për tri-katër ditë rresht.

Shtëpia e Lizës, dykatëshe dhe private në bisht të qytetit, kishte gardh rrethues me bimë kacavjerrëse nëpër të. Burri me vraga në fytyrë kacavirrej majë gardhit për të parë në oborr.

Çunat, dashnorët platonikë e të pashpresë të klasës së saj, kishin vendosur ta vëzhgonin "rivalin" e tyre, që e urrenin aq shumë. Një pasdite, kur burri me vraga në fytyrë u vërdallos rreth shtëpisë deri vonë në mbrëmje, e ndoqën me zemër të ngrirë nga dritaret e pallatit përballë, akoma të pambaruar.

Mund të ketë qenë pas darke kur Liza, zana e ëndrrave të tyre të papjekura, doli për të hedhur mbeturinat. Kur vajza u kthye brenda, burri me vraga në fytyrë shprushi plehrat, pasi u sigurua se nuk po e shihte njeri; nxori prej andej një garzë të gjakosur, e shkundi e pastaj e rrasi në turinj dhe i mori erë.

Fëmijët nuk qenë larg dhe një fjollë drite, që vinte nga dritarja e katit të dytë (ndoshta nga dhoma e Lizës), ndriçonte gjysmën e fytyrës së burrit, atë gjysmë ku gjendeshin edhe vragat. Qe ndezur në gjysmëfytyrë. Vragat e kuqe i shkëlqyen si gjuhë lope, thanë fëmijët më vonë. I kishte marrë erë edhe një herë fort garzës së gjakosur, e kishte palosur e rrasur në gji dhe qe larguar nëpër errësirë me hap të shpejtë, thua se pat gjetur ndonjë thesar!

Fëmijët kishin mbetur gojëmbyllur. Dikur vonë, njëri prej tyre vërshëlleu: "Fiu fiuu! Tani e mora vesh: Liza strehoka diversantë të plagosur!". Pasi ranë të gjithë në një mendje, vendosën ta denoncojnë "të dashurën" e tyre në çetën e pionierit!

E treta

Qielli kishte varur mjekrën e squllur mbi gjithçka dhe po villte shi. Rrebeshi nuk kish të pushuar. Shi i vjetër, me erë ndryshku e këneteStadium. Shi plak e i kalbur, që binte prej dy mijë vjetësh.

Pardje, kishte qenë vërtet dy ditë para se të lindte Krishti.

Pritej të vinte, ta sillte kokën. Ajo i kishte thënë S.C-së "nuk vij". Tani, pas dy vjetësh e dy ditësh, S.C. priste duke këqyrur shiun. I dukej vetja si një kalë i lagur. Zogjtë i uleshin në kurrizin e gjerë dhe e përvëlonin me sqepat e mprehtë.

"Duhej të kishte ardhur sot", tha me vete S.C., u përplas në shtrat e i shkoi ndërmend t'i binte me dorë. Ç'të bënte tjetër? Të grindej me shiun? Të shtrihej në mes të pellgut që të shuante zjarrin që e digjte? Përfytyronte linjat e trupit të saj të përsosur, gjoksin e harkuar aq ëmbël me luleshtrydhet e majave të gjinjve të kthyera lart, pastaj vithet, pubisin, ofshamat, deri edhe djersitjen e lehtë, si pluhur i bardhë alumini mbi lëkurën e roztë.

Vonë e zuri gjumi...

...diku, në brigjet e një kënete, rastësisht u takua me një kryebretkosë, barkbardhë e shalëgjatë. "Eja të bëjmë dashuri!", e ftoi ajo. S.C. pranoi. Bretkosa qe lakuriq ndaj edhe ai u zhvesh. Bretkosa u zhyt në kënetë; S.C. e ndoqi e u zhyt po ashtu.

Në llumin e tabanit, bretkosa, shtrirë në kurriz, zuri vend pranë rrënjëve të kalbura të një kallami. Sipërfaqja e lëmuar e ujërave të vdekura të kënetës zuri të valëzohej nga lëvizjet që akti seksual i ka të përbashkëta me gjimnastikën e mëngjesit. Në momentin e orgazmës, bretkosa e eksituar lëshoi klithma kënaqësie: guak, guak, guak...!

...guak, guak, guak bënin bretkosat në pellgun pranë dritares e ja nxorën gjumin.

I neveritur nga ëndrra që kishte parë, pështyu në dyshemenë e ndotur. U ngrit dhe hapi dritaren. Të gjitha shishet bosh në dhomë, që dikur kishin qenë të mbushura me djersët e forta të rrushit të pjekur mirë, i hodhi drejt e në pellg. Bretkosat nuk bëzanë më. Pështyu përsëri. Pështyu shiun; shiun e ndryshkur, të vjetër e të vyshkur. Shiun që s'kish harruar të binte. Shiun që s'kish ndërmend të mos binte.

Iu kujtua një gafë që kishte bërë në hartim në shkollë të mesme; në vend që të shkruante "binte shi", kishte shkruar "shinte bi". "Ajo s'ishte gafë", mendoi. "Vërtet nuk binte, por shinte, shinte". Bi, biii, biiiiii, i ushtoi koka! Pas dy ditësh, ajo erdhi.

"Erdha", i tha.

"E shoh", ia ktheu S.C. "Je lagur!".

U zhvesh. Ai rrinte i mpirë. Ajo iu afrua, ia hodhi duart rreth qafës. Ai veç sa nxori duart nga xhepi. E puthi. E zhveshi, pastaj e tërhoqi me rrëmbim në shtrat. E puthi kudo, në buzë, sy, veshë, qafë, kraharor, supe, në bark, në organin seksual. Ai lëvizi me përtesë dorën mbi trup dhe gruaja e rrotulloi me afsh, e vuri sipër vetes. E shtrëngoi, e ngjeshi për gjoksin e përndezur; përpiqej ta afronte sendin e tij drejt organit të vet. Gulçonte, dëneste, kafshonte. Burri u tërhoq, u ngrit nga shtrati e i tha ftohtë: "S'mundem! Më duket sikur po bëj dashuri me një bretkosë!".

Kaq. Shiu i lashtë varej përjashta dhe rraste brenda erën e ndryshkut e të kënetës.

* * *

Kur i lexova tregimet, pashë edhe një grimcë letre me shkrim dore: "Këto tregime i ka shkruar një mjek psikiatër i pasluftës. Nuk rron më. Nëse të shërbejnë për romanin tënd, mbaji! Mos i trego askujt se t'i kam dhënë. Unë, as natës së varrit nuk do ia them!

Një i dashuruar pas artit tënd!".

Më erdhi për të qeshur me ato tregime. Sigurisht, nuk do të më shërbenin për romanin "tënd"! Nuk qenë kushedi çfarë, megjithatë ia bënin të qartë, tërthorazi, njeriut, se nuk ka pse ta mbajë kryet aq përpjetë, pasi bota e lartë nuk i përket vullnetit të vetëdijshëm dhe arsyes në atë masë krenare që ai pandeh.

Më tepër se sa tregimet më bëri përshtypje "i dashuruar pas artit tënd". Kush qe, nga e njihte artin tim që të dashurohej me të? A e kisha takuar ndonjëherë e kisha biseduar rreth projektit për të shkruar një roman? Dija që ia kisha treguar vetëm shpirtit tim. Shpirt tradhtar! Ma kishte shitur sekretin! U përpoqa të sillja ndërmend të gjitha fytyrat e miqve e më zuri gjumi.

Fletorja 130, faqja 11

Mësuesi im plak vdiq në orën e tretë, fill pas pushimit të gjatë, kur në orar kishim dituri natyre. Iu ndal fryma.

"Iu muar fryma mësuesit!", brita unë.

"Nuk thuhet ashtu në gjuhë letrare", pati kohë të më korrigjonte komisarja e klasës, që kujdesej edhe që të mos flisnim në dialekt.

E pashë me habi dhe miratova me kokë, por mendjen e kisha te mësuesi.

Po shpjegonte rendin e gjallesave në natyrë. Në fillim, thoshte, kanë qenë bimët, pastaj kafshët, të fundit njerëzit. Njerëzit ushqehen me kafshë (ndaj janë bërë kaq të egër, kam menduar më vonë) dhe me bimë, kafshët me bimë dhe me kafshë, pra hanin njëra-tjetrën, kurse bimët e merrnin ushqimin nga dielli e nga toka.

Vonë, pasi u varros, e kam ripërsëritur atë mësim me dhjetëra herë me vete. Është mësimi që kam studiuar më mirë në jetën time. Ndoshta ngaqë mësuesi plak vdiq duke e shpjeguar.

Tek e dëgjoja, fantazia ime shkoi shumë larg. Përfytyroja diellin duke u zgjuar natën e me një trastë të madhe ushqimesh shkonte fije për fije bari, rrënjë për rrënjë peme, druri e luleje e i shpërndante ushqimet me një drejtësi diellore të paarritshme.

Më kujtohet se si e shtrimë përtokë mësuesin e shkretë, pa kuptuar se ç'po bënim, të mpirë, sikur lëngu i vdekjes të kishte rrjedhur edhe nëpër damarët tanë.

I pari që e mori veten qe djali më i keq i klasës. Ia vuri këmbën në kraharorin e fjetur, ngriti një shkop hartash si shpatë, triumfator dhe thirri:

"Të munda, o plak!".

Qeshëm. Në atë çast hyri drejtori, që ia tërhoqi veshin aq fort, sa që iu var mbi sup si vesh zagari duke kulluar prush. Nuk guxoi njeri ta hapte gojën.

Të nesërmen e varrosën. Ne vumë lule mbi varr; gjysma të pikëlluar e gjysma mezi mbanin gazin brenda dhëmbëve. Do ta kishim harruar shpejt sikur mbi varret e qytetit të mos endej, prej asaj dite, një tufë korbash. Dikush tha se kishin ardhur për mësuesin. Të tjerë thanë se korbat nuk qenë të vërtetë, por kishin dalë nga faqet e një libri me legjenda. Jo, kundërshtoi dikush tjetër, kanë ardhur t'i bëjnë nderim një të vdekuri, që është ngritur nga varri natën e se ku është nisur në kërkim të motrës së vet. Të tjerë tregonin për një djalë, student të mjekësisë, që kishte vjedhur një skelet në laboratorët e fakultetit. Ndërkohë kishte ndodhur edhe zhdukja e farmacistit miop.

Në ditët kur të thënat për të vdekurit e vjetër po rralloheshin, befas u ringjallën. Hafizja e çmendur, ajo që fliste gjithë ditën e gjithë natën me sende të pashpirta, gjeti në qosh të pyllit një palë syze miopësh me skelet, të ngjashëm me ato që mbante farmacisti. I mori në duar dhe foli me to.

Fëmijët e qytetit, që talleshin me të përhënurën, i njohën syzet e farmacistit. Kjo gjë, sigurisht që nuk u shpëtoi veshëve të oficerit të sigurimit, ruajtësit të palëkundur të rendit dhe qetësisë së qytetit. Syzet e farmacistit u ruajtën si provë materiale e rëndësishme.

Gjithë këto ngjarje përnjëherë në një qytet të vogël, do ta kishin mbytur, do ia kishin marrë frymën, si mësuesit tim plak, por, për fatin tonë, thashethemet, alibitë, akuzat, dyshimet dhe hamendjet u fashitën kur nga qendra e zërit u lajmërua se, së shpejti, qytetin fqinj pritej ta vizitonte njëri prej udhëheqësve më të mëdhenj, të cilin, kryeudhëheqësi ynë e kishte quajtur "Bilbilmadhi". Por, ky lajm i gëzuar nuk mundi ta largonte nga vëmendja historinë e korbave. Tufa e tyre, që u end për një javë mbi varreza, na pat rikujtuar se diku rreth nesh ose edhe brenda nesh gjendej një kufomë. Ndaj, meqenëse kishim kufomën, na duhej edhe një varr ku ta varrosnim.

* * *

Kisha ndërmend t'i shtoja diçka këtij paragrafi, por ime shoqe, që i merr seriozisht të gjitha vogëlsitë e jetës sime, më solli një zarf, që më adresohej nga qyteti fqinj. U befasova. Në atë qytet nuk njihja askënd. Thua fama ime t'i ketë kaluar edhe kodrat e shterpëta dhe fshatrat e vdekura që ndanin qytetet tona?

"Kush ta dha këtë letër?", pyeta i ngazëllyer më tepër veten sesa gruan, që e kishte kapërcyer pragun e derës dhe nuk u përgjigj. E hapa. Brenda, një dyfletësh fletoreje shkollarësh, mbushur me shkrim të imtë dore. Letra fillonte kështu:

"Të lutem, prano ta lexosh këtë letër! Askush deri më sot nuk ka pranuar ta lexojë. Kanë frikë, por ty ndoshta të duhet për romanin që ke nisur. Nëse të hyn në punë, emrin tim mos e përmend fare. Unë që po të shkruaj kam vdekur prej kohësh!".

Vetëtimthi më shkoi nëpër mend t'i thosha atij të

vdekuri shkronjëtar: në gop të sat'ëme të qoftë! Unë s'kam nevojë për letra të vdekurish për romanin tim!

Dikush po luante me mua, dikush po tallej! Edhe ky i vdekur, që më lutej të lexoja letrën e tij... që nuk e kishte lexuar askush!

Pleqtë, pëllumbat dhe fëmija...

Nuk do të më vijë aspak çudi miku im, sikur ti, sapo të lexosh pesë rreshtat e parë të kësaj letre, ta grisësh atë. Ma do mendja se boll i lodhur je pa lexuar edhe ato që çaprazit unë. Por nuk rri dot rehat pa të treguar për atë shtëpi: një kat, mur me gurë, çati me tjegulla të kuqe qershi, rrethuar me gardh të lartë, me hunj dëllinje të mprehur në majë. As pulat s'hyjnë e s'dalin jashtë gardhit, në pemët e oborrit nuk ulen as zogjtë e malit. Bash në këtë shtëpi jetonin një plak e një plakë! Jo, të betohem që kjo nuk është përrallë! Është ngjarje e jetuar, nëse mund të quhet jetë ajo e plakut dhe e plakës.

Nuk hynte as dilte njeri në atë shtëpi. Më fal, këtë ta kam shkruar njëherë! Të lutem, mos më lejo të përsëris, kështu i ngatërroj historitë unë e njerëzia mendojnë se dua t'i mërzis, t'i lodh. Deri në këto minuta që po të shkruaj, s'kam pasur mundësi t'ia rrëfej askujt këtë ngjarje, veç ty, sigurisht, nëse ti ke durim ta lexosh këtë letër deri në fund. Ngrihen e më ikin dëgjuesit. S'kemi kohë të dëgjojmë pallavrat e tua, më thonë!

Pra, s'hynte as dilte njeri në atë shtëpi. Jo se nuk donin; donin, donin që ç'ke me të! Derë të nderuar e njerëz të mirë kishte pasur ai truall! Ja që tani nuk shkonin dot. A do ta dish përse? Po këtë s'ta them dot tani, se ky është thelbi! Po të ta shkruaj që në fillim, ti s'ke për ta lexuar letrën. S'dua të të fyej, më fal, por po nuk ta tregova ty këtë histori, druaj se s'kam për ta treguar kurrë.

...mbi çatinë e kësaj shtëpie ndodhet një kafaz i madh pëllumbash. Fluturonin zogjtë, veç thonë se kurrë nuk e kaluan gardhin. Kur u pëlqente të provonin krahët me fluturime të gjata, ngriheshin thikë përpjetë mbi çati, lart, lart, pastaj binin pingul mbi oborr. Ndoshta këtë zakon ua kishte mësuar plaku apo edhe plaka! Një ditë në fshat paskan parë një djalë dhjetë-dymbëdhjetë vjeçar, i ardhur nga katundi që shihet matanë. Djali ka lidhje me plakun dhe plakën, për të cilët po shkruaj. Mos ki frikë, nuk është histori tjetër. Paska pyetur djali mocanikët e vet nëse ia kishin parë apo jo një pëllumb të bardhë, me pak pupla të zeza në këmbë, me një vijë të artë në qafë, e ku më kujtohet mua çfarë shenjash të tjera, që i kishte humbur dalit. "Jo", i kishin thënë fëmijët, "në fshatin tonë nuk ka fare pëllumba!".

"Ka, si nuk ka?!", tha një çamarrok hundështypur, "ka te shtëpia e plakut, por aty nuk hyn dot njeri!".

I kishin treguar pastaj historinë, por ai nuk donte t'ia dinte; donte pëllumbin e vet, pëllumbin e tij plëngprishës, që i kishte ikur nga shtëpia. Jo po i kishin thënë se shtëpia rrethohej me një gardh të lartë, me hunj dëllinje të mprehur në majë, se rruga që të çonte te shtëpia e plakut dhe e plakës qe mbuluar nga ferrat e nëpër to dihej se strehoheshin gjarpërinj e tokësa të tjerë të rrezikshëm. I thanë se plaku kishte mjekër të madhe e të leshtë dhe që hante fëmijë…! Ndërkohë, djali qe nisur drejt shtëpisë pa pyetur për këto. Të lutem, më thuaj, a kishte rrënim më të madh për djaloshin, të ardhur nga katundi që shihet matanë, sesa t'i humbte pëllumbi i tij i dashur? Rrugëza e shtëpisë vërtet kishte barë e lastarët e ferrave qenë zgjatur bukur shumë, por jo edhe aq sa të mos kalonte pëllumbhumbësi ynë.

Djali kapërceu derën e oborrit, kaloi përmes tij e hyri drejt e në korridorin e shtëpisë.

"O plak!", thirri. Asgjë. Heshtje. Dëgjohej veç jehona e zërit të tij, që përplasej nëpër trarë, duke tundur rrjetat e merimangave gjithë pluhur. Një send kërceu pupthi. Djali u tremb. Pasi mori veten, hyri në një dhomë. Përballë tij, në një minder të vjetër, shtrirë bri njëri-tjetrit, pa plakun dhe plakën. Fytyrat i patën të hijshme, veç pak të nxira nga pleqëria.

"Më ka humbur një pëllumb…", nisi të thoshte djaloshi, por fjala iu këput. Një tufë minjsh u arratisën me shpejtësi nga trupat e pleqve, duke përhapur një kundërmim të rëndë. Djaloshi u përplas përdhe nga tmerri. Pastaj…

…Plaku u ngrit nga minderi ngadalë-ngadalë, shkundi qindra krimba të vegjël, të bardhë, që i qenë ngjitur kudo dhe iu afrua djaloshit duke i thënë:

"Ngrehu pëllumb, ngrehu! Do të t'i fal të gjithë pëllumbat! Fluturo bashkë me ta në drejtim të fshatit që shihet matanë. Ngrehu vogëlush, ngrehu! Guguu po të ftojnë pëllumbat e fëmijët po të thërrasin, pëllumbat gu-guuu vogëlush, gu-guuu...!".

Nga jashtë gardhit, fëmijët me të vërtetë po e thërrisnin e pëllumbat e kishin rritur tonin e guguuve të tyre mbi çati. Pëllumbhumbësi fërkoi sytë. Jo! Jo, jo, jo! Plaku nuk kishte lëvizur nga vendi. Djali kishte bërtitur me sa fuqi kishte: "O nënë, o nënë!", duke ikur me vrap i tronditur. Ca pula gjysmë të egra, që kishin fluturuar nëpër oborr, të trembura nga thirrjet e tij, ia kishin shtuar edhe më shumë lemerinë. Kur doli jashtë dyerve të oborrit, dukej i kërleshur, i zbehtë, si të kishte dalë nga varri!

"Kanë vdekur, kanë vdekur, kanë vdekur!!!", mundi t'u klithte mocanikëve të vet, ndërsa kokrrat e lotëve i thaheshin në sy si kristale kripe.

Ti, po, sigurisht që do të më pyesësh se ç'u bë me të vdekurit. Kot që më pyet, miku im! Të vdekurit si gjithë të vdekurit, dihet, nëpër varre! Duhet të më kishe pyetur: me të gjallët, me të gjallët ç'u bë? Ç'ndodhi me ne të gjallët?! Se ti kujton ndoshta që jemi akoma gjallë! Gabohesh! Edhe unë që po të shkruaj këtë letër, siç të kam thënë, i vdekur jam. Varri im ka një shembje, nga e cila hyj e dal, dal e hyj, se shpirti rehat nuk më rrinte pa e rrëfyer këtë histori. Tani do të hyj në varr e të rivdes i qetë; djalli

nuk do m'i pëshpëritë më shpirtit tinëzar siç di ai:
> *"Na ishte një herë një plak e një plakë,*
> *që jetuan e vdiqën në një fshat,*
> *pa asnjëri pranë se ishin kulakë..."*.

* * *

Ja, kjo ishte letra që askush nuk kish guxuar ta lexonte deri në fund. U trondita shumë prej saj. Vargjet satanike, të shqiptuara si hyrje përralle në fund të saj, më vërtiteshin nëpër mendje. A do të vijë një ditë që për gjëra të tilla, kur të tregohen, të mos kemi dëshirë t'i besojmë se kanë ndodhur, që të na duken si përralla, që s'do të duam t'i dëgjojmë më kurrë?

Gruaja e vërejti gjendjen time të trazuar. Në një prej atyre ditëve, kishte marrë filxhanin e kafesë sime, e kishte përmbysur për pak minuta dhe, mbështjellë në një copë gazetë, me të nën sqetull, e kishte ndalur frymën në shtëpinë e fallxhores F.

Kjo, siç mora vesh më vonë, sa kishte parë filxhanin tim, qe nxirë më zi se llumi i kafesë. Filxhani i kishte shpëtuar nga duart dhe qe bërë copë-copë. Kur kish mundur të qetësohej, i kishte thënë sime shoqeje:

"Burri yt nuk është si gjithë njerëzit e tjerë. Ai nuk i ka organet e brendshme!".

Ime shoqe qe terur. S'ka guxuar kurrë ta hapë këtë bisedë me mua. E mora vesh më vonë këtë ndodhi, sigurisht prej letrave. Thirra kirurgun e qytetit dhe iu luta të më bënte një fotokopje të kartelës sime të spitalit. Do t'ia dërgoja fallxhores, që të mos lajthiste duke thënë gjepura kot së koti. I kërkova kirurgut të plotësonte edhe një epikrizë sa më të plotë, ku të përshkruante me detaje ato që kishte parë ai në kavitetin tim abdominal gjatë pesë orëve që barku im, bashkë me organet e brendshme, kishin qenë të ekspozuara në sytë e tij, para dy vjetësh, kur u operova për një ulcerë duodenale.

Po mendoja me vete se çfarë njerëzish janë këta të qytetit tim, që merren deri edhe me topografinë e brendshme të barkut, zorrët dhe mushkëritë e mia? Prisja nga kirurgu miratimin e kërkesës, kur më thanë se fallxhorja F. kishte dhënë shpirt, duke marrë me vete në varr misterin e fjalëve që kishte thënë, bashkë me mundësinë e përgënjeshtrimit të tyre nëpërmjet dëshmisë së mjekut.

Atëherë nisa ta vrisja mendjen se për çfarë organesh të brendshme e kishte pasur fjalën. A mos kishin qenë simbolike fjalët e saj dhe si mund të shpjegohej kjo? U lodha me arsyetime dhe hamendje nga më fantastiket e absurdet. E ngushëllova veten me idenë se ajo do të duhej ta kishte pasur fjalën se në qenien time nuk kishte asgjë nga organet e punëve të brendshme të shtetit.

Fletore pa numër

Në këtë fletore pa numër shkruhet: "Si e shoh unë

botën ditën e diel?".

E diela, për mua, nuk është as fillimi e as mbarimi i javës. Është një ditë pezull edhe për faktin se është ditë teke. Të dielën, unë rri në kokërr të shpinës gjithë ditën e lume. Rri e vëzhgoj një merimangë të vjetër, që nëna ime trup imët nuk arrin dot ta fshijë në qosh të tavanit. Më është lutur disa herë ta heq, por nuk e kam bërë. Dikush mund të pyesë pse nuk e heq. Nuk dua, pikë! S'kam pse jap llogari edhe për një merimangë në qosh të tavanit të dhomës sime. Pak ju duket që jap llogari për gjëra të tjera? E thashë, rri shtrirë në kokërr të shpinës e shoh merimangën time të vjetër, që ka një zakon të keq; nuk e di a e kanë merimangat tuaja, natyrisht nëse edhe ju keni merimanga.

Merimanga ime zgjat një fill të shndritshëm deri afër shtratit tim, e fikson diku në mur e fshihet vetë në një të çarë dërrase. Kur ndonjë mizë e marrë bie në rrjetën e saj, del vetëtimthi nga e çara dhe niset drejt vendit të ngjarjes. I hedh mizës së marrë dy-tre litarë pështyme dhe, me një kënaqësi marramendëse, merimangore, zbret duke e lënë gjahun në përpëlitje të dështuara për t'u liruar.

Merimanga ime ka siguri absolute në teknikat e saj vrastare. As që e vret mendjen se mund t'i shpëtojnë mizat e marra të rëna në kurth. Pas këtij çasti nuk e këqyr më merimangën time me kryq të zi në kurriz, por viktimat e saj.

Ditën e diel është veçanërisht e suksesshme. Gjithë

ditën përsëritet ky ritual. Nuk më ngjall kurrfarë ndjenje ky gjah kriminal, as kënaqësi, as urrejtje, as më vjen mirë për merimangën, as më vjen keq për mizat. Aq më pak për mizat. Pse shkojnë drejt e në rrjetën e merimangës? Mendoj se janë të lodhura nga ajri i rëndë i dhomës; jashtë u ngrin bytha së ftohti, ndaj, të gjetura mes dy zjarresh, ndoshta u pëlqen t'i japin fund jetës së shkurtër duke shpresuar se kështu shkurtojnë vuajtjet e pakuptimta.

Lëvizin në mënyrë kaotike, brauniane, rreth llambës apo objekteve të tjera, dhjesin me nge mbi një pikturë me burra e gra muskuloze, faqekuqë e të gëzuar, që duartrokasin para një tribune me beze të kuqe, ku shquhen udhëheqës të lumtur, të tultë e fill pas kësaj rrasen me vetëmohim të lartë drejt e në rrjetën e merimangës.

Etja mizore për ekzistencë i bën që t'i rrahin krahët për pak çaste, pastaj ngordhin aty e s'kanë nevojë as për varr. Nisur nga këto skena, të dielën mendoj për varrin që i duhet qytetit tonë, ku të kallin kufomën e paidentifikuar për të shpëtuar njëherë e mirë nga tufa e korbave që po ia zënë qiellin dhe frymën me krrokamat e tyre të zeza.

E diela më duket ditë e përshtatshme për të hapur varre. Gati sa nuk ulërij nga inati që nuk po e hapim dot një varr, atë varr që na duhet. Pikërisht të dielën më pëlqen të dal jashtë javëve monotone, javëve që përfshijnë edhe të dielën e të rrasem në një hapësirë dhe kohë tjetër, pa javë e aq më pak të diela monotone.

* * *

Pi një gotë konjak, që e bëj vetë me këtë formulë: treqind e tridhjetë e tre gramë alkool etilik ($CH_3\text{-}CH_2\text{-}OH$), një litër ujë, 0,1 gram vanilje, 7-8 gramë sakarozë dhe dy lugë po sakarozë të djegur për ngjyrë. Është një pije e mrekullueshme për ta rrafshuar krejtësisht koren e trurit. S'kam aq para sa kam famë, që të mund të blej konjak "Skënderbeu", që e pijnë zakonisht zyrtarët e qytetit tim.

"Skënderbeu" ka një shije të jashtëzakonshme, ngjyrë të këndshme dhe aromë të mrekullueshme. Quhet pije intelektualësh dhe të tillë në qytetin tim janë ata që marrin rroga në qeveri. Janë intelektualë thjesht se pijnë konjak "Skënderbeu". Unë pi nga konjaku i recetës sime ose raki kumbulle, thane, por edhe raki frutash të përziera.

"Të kërkojnë!", u dëgjua zëri i butë i sime shoqeje, si tringëllima e shiut në gjethet e pemëve në vjeshtë. Nuk pata nevojë të pyes se kush qe. Para m'u shfaq një fëmijë me kokë katrore e me flokë si tela.

"Ma dha baba për ty!", tha shkurt djali, duke më zgjatur një zarf.

"Kush është babai yt?".

"Është shkrimtar, por ka vendosur të heqë dorë. Kështu më tha të të them. Natën e mirë!".

Të shoh se çfarë shkruan ky ish-shkrimtari, mendova me vete, pa e fshehur një ndjenjë të ulët vetëkënaqësie imcake, që po i konkurroja kështu të gjithë shkrimtarët e qytetit tim.

"Është njëri nga gjashtë mijë tregimet e mia të pabotuara ndonjëherë. Pasi mora vesh se ke vendosur të shkruash një roman për qytetin tonë, po heq dorë vullnetarisht nga autorësia e tregimeve të mia, dy prej të cilave po jua dërgoj sot. Nëse ju pëlqejnë dhe mendoni se ju hyjnë në punë, jam gati t'jua fal edhe pesë mijë e nëntëqind e nëntëdhjetë e nëntë të tjerët. Suksese!".

Kështu më shkruante gjashtëmijëtregimëshi, që më kishte dërguar:

Mizat

Miza me kokën e kuqërremtë iu ul drejt e në fletoren ku po shkruante. Pastaj bëri dy-tre hapa, hapa mize kuptohet, dhe u gjend bash në fundin e fjalisë së ndërprerë. Aty përdrodhi këmbët e holla sipër krahëve të tejdukshëm, duke i pastruar nga grimcat e pluhurit. Po të njëjtën gjë bëri edhe me turinjtë, nga ku zgjateshin dy tentakula gati mikroskopike. Duket se qe e kënaqur me tualetin e shpejtë dhe shkëlqimin e përkohshëm, ndaj e mori veten me të mirë e fluturoi me zukatje, butë, nëpër gjysmerrësirën e dhomës.

Ai e ndoqi një copë herë, pastaj, i bezdisur nga ajo lëvizje kaotike, uli sytë në fletore, aty ku miza kishte pushuar pak më parë. Pikërisht aty diçka mungonte, qe krijuar një boshësi. Thua se miza i kishte rrëmbyer ndonjë rresht, fjalë apo shenjë pikësimi. Kishte ditë që përpiqej t'i jepte fund një novele. Çdo rresht i dukej i shtrenjtë, çdo fjalë e çmueshme, çdo shenjë pikësimi e domosdoshme. Ajo mizë i kishte shkoqur diçka. Një humbellë e zbrazët dhe e errët qe krijuar.

"Kot po mundohem", mendoi.

Vetëtimthi i erdh ndërmend një prozë e shkurtër e një shkrimtari të shquar të vendit të vet. Në atë skicë, heroi me emrin Yll vriste miza. Çfarë Ylli! Hero që mbyt miza?! Prapë se prapë ky Ylli iu duk më i zoti se vetvetja kur iu kujtua njëra ndër kritikat më të ashpra që ia bënte e shoqja: "Ti nuk vret dot një mizë!".

"Kot nuk e vrava atë mizë!", mendoi. "Do të kishte qenë një gjest ideal. Mizën e vrarë do t'ia kisha treguar gruas, po ashtu edhe vendin e gjakosur në fletore e përballë këtyre fakteve ajo s'do të guxojë kurrë më të më akuzojë se nuk vras dot një mizë!".

Miza kishte fluturuar e nuk i kishte shkuar mendja me kohë ta bënte atë trimëri, ta vriste. Vendi bosh në fletore po e shqetësonte dyfish. Filloi të shpresonte se miza do të rivinte. Po nëse vërtet rikthehej në fletore? Jo, prapë se prapë nuk do t'i bënte asgjë. Fundja pse duhej ta vriste? A nuk jetojnë mizat shumë shkurt? Pse jeta e tyre duhet shkurtuar edhe më tepër? Pastaj, një shkrimtar nuk është krijesë e përshtatshme për të vrarë, qoftë edhe miza. Personazhet e një shkrimtari shëndetlig, të rritur nëpër manastire cirilike, siç kishte qenë autori i tregimit me Yllin, edhe mund të vrisnin, por jo ai. Një shkrimtar që shqetësohet nga një mizë?! Ndoshta miza që sapo kishte parë do të ngordhte pas pak çastesh, ndaj edhe kishte dashur të ishte e hijshme në ngordhje, e pastruar nga pluhurat e jetës. Edhe njerëzit kanë dëshirë të vdesin të bukur. Ndryshimi qëndron në atë se mizat thjesht ngordhin, ndërsa njerëzit, disa vdesin, ndërsa shumica ngordhin.

Ky dyzim, kjo mundësi për të zgjedhur mes vdekjes dhe ngordhjes, përbën ndryshimin themelor mes njerëzve dhe insekteve. Sidoqoftë, preferenca për të qenë të bukur në të përtejmen i lidhte pazgjidhshmërisht. Ndjeu keqardhje veç për diçka: njerëzit që ngordhin kanë jetëgjatësi mijëra herë më të madhe sesa mizat edhe pse jeta e tyre është e mbushur me mizori mijëra herë më të pështira sesa ato të mizave.

Këtu mund të gjendet edhe lidhja, pasi rrënja e mbiemrit mizor ka ardhur nga emri i insektit të neveritshëm e jetëshkurtër, që në gjuhën tonë thirret: mizë!

Ngadalë, nga fundi i fjetur i trurit po vërshonin të gjitha dijet që kishte grumbulluar gjatë jetës për mizat. Iu kujtuan mizat e kalit, të lopës, "mizat e bletëve" (ja pse bletët ua ngulin thumbin njerëzve edhe sot e kësaj dite: protestojnë kundër kësaj parashtese). I erdhi pastaj ndërmend një gazmore e këndshme, që bënte fjalë për një mizicid të reklamuar si mjaft të efektshëm. Në të vërtetë nuk i mbyste mizat edhe po t'ua jepje tri herë në ditë, para buke nga një lugë kafeje. Mizat diferencoheshin edhe prej vendit ku rrinin më së shumti. Bie fjala: miza dheu, miza plehu, miza mali, miza kuzhine, miza muti, miza Ce-ce. Këto të fundit iu duk se i kishte lexuar në një poezi të Artur Rembos; poezia nuk i kujtohej e plotë, veç mbante mend se autori e krahasonte veten me një mizë të madhe Ce-ce, që akoma s'kishte mësuar të fluturonte.

Duhen paguar mësues, instruktorë të kualifikuar t'i mësojnë mizat për të fluturuar! Miza Ce-ce qe mizë e një hapësire tjetër. Pickimi i saj sillte vdekjen! Po a vdes burri nga një mizë?! Vdekje miz-oro-qesharake! Megjithatë e sigurt dhe tragjike!

Për fat, në vendin tonë nuk ka miza të mëdha Ce-ce. Kjo nuk do të thotë që jemi kursyer. Jo, kemi mizat tona imcake, kokëkuqe e vdekjeprurëse! Gjithkush ka mizat e veta. Kur deshi ta mbyllte atë mendim, i erdhën nëpër kokë një grup i madh shprehjesh të stilit bisedor, ku miza luante një rol të dorës së parë.

"Shefi sot ishte me miza!", e përdorte e shoqja sa herë shkonte me vonesë në punë.

"E ka mizën pas veshi!", e përdorte i ati kur donte t'ia linte fajin dikujt.

"Të ka zënë koka miza!", kështu i kishte thënë një redaktor i një javoreje letrare, kur i kishte dërguar një tregim, në të cilin nuk flitej fort me simpati për një zyrtar komiteti.

"Ia lëshoi mizat në prehër e iku!", nuk i kujtohej se ku e kishte dëgjuar.

"I ka mizat në bythë!", kishte thënë një plakë në stacionin e autobusëve për vajzën e fqinjit.

"Miza-n-skena duhet të jetë e gjallë!", e përdorte regjisori i teatrit amator.

Po habitej se me çfarë rregullsie po i renditeshin në kokë gjithçka dinte për mizat. I tronditur mendoi se mizat përbëjnë gati një dimension të botës mizore ku jetojmë!

Vuri duart në tëmtha dhe vërejti se po i ushtonin. Iu duk sikur kafka i qe mbushur me ekzemplarë mizash nga i gjithë globi. Lëvizi shpinën e dorës nëpër ballë, thua se do të fshinte ndonjë diçiturë të saposhkruar me gjak "Muze-Miza".

U ngrit në këmbë. Jashtë pothuaj qe errur. Diku në horizont shqoi maja lisash dhe një tufë korbash që po përpiqeshin të gjenin foletë...! Krrokamat e tyre nuk i dëgjoi. Iu dukën të vegjël dhe të largët si miza të ngathëta. Hoqi sytë nga dritarja dhe u rikthye përsëri në tavolinë, para novelës që nuk po e mbaronte dot. Zgjati dorën dhe vuri një pikë në vendin ku qe ulur miza. Pastaj shtoi edhe këta rreshta:

"Atë pasdite e kalove duke shfletuar enciklopedinë e mizave e nuk pate edhe aq faj që i the gruas në darkë se mizat janë pjesë e rëndësishme e jetës që bëjmë!".

Mbeti i kënaqur nga ky paragraf. Aty do ta mbyllte novelën e nisur prej kohësh.

* * *

Ky ishte tregimi i mizanit. Nuk ma kishte marrë mendja kurrë se do të mund të shkruhej një tregim me personazh kryesor një mizë dhe përemrin vetor të vetës së tretë njëjës, Ai. Personi që ma dërgoi ishte autor i gjashtë mijë tregimeve. Ndoshta të gjitha tregimet e tjera kanë në qendër një gjallesë, sipas klasifikimit të njohur, duke nisur nga njëqelizorët, insektet e deri te gjitarët.

Po ç'është ky njeri, tregimtar apo zoolog, insektolog apo njeriolog!? Si i ati, si i biri. A nuk e kishte i biri i këtij gjashtëmijëtregimëshit një kafkë katrore me flokë si tela apo fije të thata bari të trashë kënete? Sigurisht që edhe i ati i tij duhet të ketë kafkë blegtorale! Nuk janë të pabaza fjalët që qarkullojnë se në qytetin tonë janë shtuar kafkat katrore, që të tmerrojnë. Zotit i qofshim falë, ka mjegull dhe nuk shquhen aq kollaj. Ka ca kohë që, mbrëmjeve, shëtitorja mbulohet në mjegull, ka ca kohë që çfarë s'na ndodh, ka ca kohë që…

Diku nëpër fletoret e mia kam shkruar njëherë për një vajzë që më takonte sa herë i tekej dhe zakonisht i tekej "pasi tërhiqej mjegulla". E gjeta fletoren dhe, me shpresë se do të hiqja nga mendja përshtypjet insektore që më kishte lënë tregimi i mizanit, fillova të lexoj në...

Fletorja14, faqja 2
E kishim lënë të takoheshim pasi të tërhiqej mjegulla. Ka ca kohë që mjegulla i merr qytetarët e mi për dore, nga mëngjesi deri në orët e vona të mbrëmjes. Kjo ndodh pothuajse në të gjitha stinët,

rrotull vitit. Mjegulla jonë ka dorë të verbër, brenda saj fsheh gjithçka.

Thashë që e kishim lënë të takoheshim pasi të tërhiqej mjegulla. Po të më pyesë dikush se me kë takohem, do të çuditesha. Pse jeni kaq të pavëmendshëm? A s'ju kam thënë se dashuroj vajzën më të trishtë të qytetit? Ajo nuk më do, por ka nevojë për mua. E pranoj këtë lloj dashurie pa përgjigje, kot, thjesht se ashtu ma ka dhënë truri. Fundja pse të mos e pranoj?

E konsumoj ndjenjën time të dashurisë; ajo pranon të jetë subjekt inert i saj, e palëvizshme. Për mua ka pak rëndësi nëse më do apo jo. Është kjo ndoshta pjesë e dashurisë së tepërt që gjendet tek unë, e asaj pjese që nuk meriton të harxhohet në subjekte aktive e të gjalla, por thjesht në objekte të palëvizshme, qofshin ato edhe gurë të ngrirë.

Për më tepër, më ka mahnitur me veçantinë e saj. Por një gjë nuk arrij ta kuptoj: pse kërkon të takohemi vetëm pasi të largohet mjegulla? Thua dëshiron të më shohë të pastër, të pamjegulluar? Ky arsyetim më duket i thjeshtë dhe i kapshëm, por s'mund ta besoj se ishte gjëja e vetme që e shtynte të më takonte vetëm pas ikjes së mjegullës.

Diçka më e thellë, më magjike dhe intriguese duhej të gjendej pas kërkesës së saj. Kam qenë i rregullt, i saktë në orar dhe mjaft i përkushtuar për t'iu përgjigjur kërkesës së saj. Gjithmonë kam dalë pak përpara se të ikte mjegulla, që kurrë nuk vinte e nuk ikte në të njëjtën orë.

Kam pritur jo rrallë edhe me orë të tëra e ajo shpesh nuk vinte. Nuk kishte kurrfarë detyrimi të dilte në takime. Nuk qe e dashuruar me mua.

Ndërkohë që e prisja me dhëmbët që më kërcisnin nga të ftohtit, takoja banorët e natës së rrugëve të qytetit tim. Vendin e nderit e zinte gjithmonë Hafizja e çmendur. Ajo më ngatërronte me objekte dhe më fliste sipas mënyrës së saj:

"Çfarë bën aty bunker? Pse nuk shkon të flesh? E ruaj unë qytetin nga të gjitha të këqijat që i vijnë nga jashtë. Nëse je i zoti, ruaje nga kalbëzimi i brendshëm!".

Një natë e takova "të dashurën" time.

"A u lodhe?".

"Pak".

Me këtë dialog idiot e hapëm bisedën. Një hapje e tillë sigurisht nuk premton shumë. E pyeta pastaj se çfarë do të bënte të nesërmen dhe mora një përgjigje të llahtarshme:

"Do ha njeriun që më vrau babanë, që ta kishte më të lehtë të shkonte me nënën time!".

Kisha dëgjuar një histori të tillë, sigurisht në një variant tjetër. Vendi i vrasësve atje më dukej se qe pak më ndryshe. Flitej për një grua që e kishte vrarë të shoqin për të shkuar me të dashurin. Megjithatë, kjo kishte pak rëndësi për mua. Fakti që e dashura ime "do hante dikë" qe i mjaftueshëm për t'ma tharë pështymën në fyt. E vetmja fjalë që munda të shqiptoja, qe pyetja e gjymtuar:

"Pse?".

"Çfarë pse?", ma ktheu ajo.

"Po ja, pse...?".

A e imagjinoni dot një burrë, që pjesën më të madhe të kohës i drejtohet të dashurës me pyetjen pakshkronjëshe "pse"? Frikësohesha se një ditë do të më kthehej me: "Pse nuk rri natën vonë në pyll?". Sigurisht që do të kisha pyetur "pse" e ajo padyshim që do të më qe përgjigjur: "Të të hajë një ujk, sepse je berr!". Falë Zotit puna nuk ka shkuar akoma deri aty. I thashë se nuk doja të dëgjoja makabritete të tilla nga goja e saj.

"Goja jote duhet të shqiptojë vetëm fjalë të ëmbla!".

Qeshi dhe shqiptoi me buzët e qershinjta fjalën mjaltë. Qesha edhe unë. Pastaj shtoi menjëherë se mizat ngordhin më kollaj në mjaltë sesa në mut. I kujtova se po vinte erë e keqe. Më sqaroi se qe era e kufomës dhe përmendi edhe korbat që endeshin mbi qytet. Nuk më kujtohet se për çfarë folëm tjetër, madje as se si u ndamë, pasi mes nesh hyri mjegulla viskoze, duke na çngjyrosur të dyve.

* * *

Nuk kisha shkruar më gjatë, vetëm këtë sinops, që ia shihja vendin nga fundi i romanit. Gjëja që më shqetësonte më tepër, qe zgjidhja që do të mund t'i jepja kësaj marrëdhënieje.

Mendova një variant: e lamë të takoheshim me

vajzën, që, duke ardhur, tretet në mjegull. Ndjej, fiks në orën e caktuar që do të takohesha me të, se diçka mjegullore më sillet rreth qafës e më zë frymën. Pyes veten ç'po më ndodh dhe dëgjoj një zë veshtullor, gri, që pëshpërit në lagështirë "të dua, të dua...!".

Sa s'më erdhi për të qeshur me idiotësinë e këtij varianti. Kaq kisha degraduar, sa të mos mund të gjeja diçka më të mirë? E lashë këtë ide.

Mendova se në qytetin tim, dashuria përbën një përmasë të rëndësishme të jetës. Nuk ka nënshtetas që të mos ketë dy-tri histori dashurie. Ca të vërteta, ca të trilluara, pak rëndësi ka. Jetojnë prej këtyre autotrillimeve.

Sado të trilluara që të jenë historitë e dashurive, banorët e qytetit tim, kur martohen, bëjnë aq shumë fëmijë dhe jetojnë aq kopeisht, saqë veç kur i kalojnë pesëmbëdhjetë, gjashtëmbëdhjetë vjetët e marrin vesh se bijtë apo bijat e kujt janë. I njohin prindërit e tyre jo nga dashuria që kanë për ta, por nga fakti se këta të fundit janë të vetmit që kanë të drejtë t'i rrahin. Këtë marrëdhënie të habitshme dhe varfërinë e pashqitshme e shfrytëzojnë zyrtarët e komitetit, të cilët zgjedhin mes kësaj turme ata më të devotshmit, për t'i dërguar në një shkollë jeniçerësh në zemër të shtetit. Kam menduar se kjo kope rrezikon ta transfigurojë tërësisht racën, dikur të pastër të banorëve të qytetit tonë. Po kujt i bëhet vonë për këtë punë?!

Para shumë vitesh, në një konferencë të pediatërve

dhe gjinekologëve të pjesës verilindore të vendit, i vetmi doktor i diplomuar jashtë pat thënë se duhej të rishikohej politika e proliferimit njerëzor, të ligjërohej aborti etj. Pasi konferenca mbaroi me sukses punimet, doktorin e nisën për në gurore.

"Me fat që i shpëtoi burgut!", kishte thënë dikush, "Ç'i duhet atij ligjërimi i abortit, thua se ishte vetë shtatzënë!".

Fëmijët e shumtë të qytetit tim kanë marrë tiparet e një race ushtarake. Luajnë me shpata, harqe, shigjeta, samakreshte, llastiqe, lojëra sherifësh me pam-pam, imitojnë gjithë ditën filmat me partizanë e gjermanë. Kokat e tyre katrore më ngjajnë me zyrat e komitetit. Vërej se i gjithë ky arsyetim për ta nuk është tjetër veçse një përpjekje e varfër për t'iu larguar shqyrtimit të varianteve të mbylljes së romanit tim, zgjidhjes që do t'i jepja marrëdhënies së dashurisë me atë vajzën e mjegullt.

E ngushëllova veten: s'kisha kohë të mendoja një mbyllje, mjafton ta filloja njëherë romanin, që, për shkak të atyre letrave, s'kisha mundur.

* * *

Qeshë shtrirë në shtrat kur m'u afrua në majë të gishtave një djalë i hijshëm, rreth njëzetë e pesë vjeç, pa bërë as zhurmën më të vogël. Më tha se kishte ndërmend të më tregonte diçka. Nuk e kisha parë kurrë. Desha ta pyesja njëherë se si guxonte t'i afrohej shtratit tim. Si kishte mundur të hynte në shtëpinë time pa trokitur fare, pa i shkuar ndërmend se mund të isha në një intimitet krevati me gruan time trupimët.

U ul te koka e shtratit ky farë djali, e filloi të më rrëfejë një histori "spektakolare", siç e quajti.

Gjithë të rinjtë tregojnë histori spektakolare! U pëlqen rinia e vet dhe mendojnë se edhe ne të tjerët, që nuk kemi më moshën e tyre, kemi të njëjtën përshtypje për natyrën e historive të tyre. Megjithatë nuk kundërshtova, nuk e hapa birën e gojës. E filloi kështu historinë e tij spektakolare:

"Bënim dashuri pa e ditur se ç'bënim. Jashtë nesh na vëzhgonte, pa vënë gjumë në sy, bota e zhurmshme e erërave dhe fjalëve. Për ne, fjalët dhe shpifjet e botës kishin aq rëndësi sa ç'kishte gazsjellësi "Druzhba" për të vdekurit e ngrirë së ftohti. Gazsjellësi thuhej se do të ngrohte gjithë botën e ngrirë lindore. Neve nuk na mbërrinte ngrohtësia e tij; nuk ishim as në lindje, as në perëndim. Kishim veç dashurinë tonë, dashurinë tonë për kokërr të qejfit. Kishim gjithashtu edhe policin e lagjes. Ai polic kishte hetuar se dashuria jonë qe diçka e rrallë, nuk qe dashuri e iniciativave të mëdha, qe një luks mikroborgjez, që, megjithatë, nuk i gjente dot bazë ligjore për ta klasifikuar si të rrezikshme për interesat e revolucionit.

Bënim dashuri. Më puthte me aq pasion sa s'mund ta bënte asnjë femër tjetër. Punonte diku në zyrat e një rrethi verior. E vetmja prehje e saj isha unë. Kështu thoshte dhe s'kisha pse të mos e besoja. Kishte gjetur një deodorant, me të cilin hiqte erën e rëndë të mykut të zyrës, që i ngjitej gjatë javës deri në palcë.

"Për gjashtë ditë larg teje, gjaku më ndryshket!", thoshte. Unë isha letër smerili për të hequr ndryshkun e gjakut të saj ditën e shtatë të javës, që e rinonte. Shkëlqente nga pastërtia. Vonë, të dielën pasdite, nisej për të plakur edhe gjashtë ditë të tjera në rrethin e saj në veri. Gjashtë ditë që s'përfundonin kurrë; gjashtë ditë deri të shtunën pasdite, kur merrte trenin e mplakur, të mjegulluar, për të ardhur edhe njëherë pranë meje.

Kështu kaloi bukur shumë kohë. Një ditë, krejt rastësisht më tha se kishte mbetur shtatzënë. Nuk ndjeva kurrfarë habie, nuk shqetësohej pse nuk përdorja asnjë prezervativ apo marifete të tjera.

"Ato më kanë ardhur rregullisht, megjithatë jam e sigurt se në bark kam një krijesë të gjallë; e ndjej kur lëviz. Lëvizje që më japin kënaqësi. Një freski e këndshme, sikur organet e brendshme shëtisin nëpër një pyll me pisha. Nuk e ke idenë se çfarë kënaqësie!", më tha. Sigurisht që nuk kisha se si ta dija se ç'kënaqësi kanë organet e brendshme kur shëtisin nëpër një pyll me pisha...!

I thashë se një foshnje qe e mirëpritur edhe prej meje, se mund të shndërrohej në ideal të jetës sonë; qëllimi për ta rritur të lumtur do të na e rriste vullnetin për të mos pranuar dështimet, të paktën për të mos u pajtuar me to.

Dështimi dhe njeriu ecin fatalisht përkrah në jetë, e rëndësishme është të mos pajtohemi me të!

"Filozofi im i ëmbël", tha e mu hodh në qafë, e gëzuar pa masë. Në sy dhe në fytyrë i kaloi një feksje me nuancë të blertë, me hijeshi engjëllore. Natën vonë, të përpirë nga flakët e zjarrit që dinin ta ndiznin veç zemrat tona, shqiptoi diçka të habitshme, të rrallë, të padëgjuar ndonjëherë:

"Qysh kur jam njohur me ty, ka filluar të më ndryshojë ngjyra e syve; më janë bërë jeshil. Besoj se ka ndodhur veç nga fakti që kam këqyrur me një përqendrim të çmendur në bebëzat e syve të tu".

"Ndoshta", i thashë, "ndoshta".

Nuk i kushtova shumë vëmendje atij detaji, pasi m'u duk më tepër autosugjestion i saj, por edhe për shkak se drita qe e dobët dhe nuk mund ta verifikoja një gjë të tillë. Një javë më pas vërejta se ngjyra rozë e faqeve dhe lëkurës së saj kishte filluar të bëhej e blertë. Pasi u sigurova se një gjë e tillë nuk ishte pasojë e ndonjë sëmundjeje, bëra shaka duke i thënë se kish filluar t'i ngjante një lëndine.

Para se të largohej nga dhoma ime, e kishte zakon të bënte një tualet të lehtë para pasqyrës së vyshkur. Përdorte rimel të zi, ton të butë në rozë dhe një buzëkuq natyral. Herën e fundit, megjithëse harxhoi një copë herë bukur të mirë para pasqyrës, nuk ia arriti të maskonte ngjyrën e blertë në të kaltër që i kishte marrë fytyra. U tremba, pata përshtypjen se poshtë lëkurës nuk kishte enë gjaku e muskuj, por peshq që notonin nëpër pellgje të kthjellëta pylli.

Pas ca kohësh, ngjyrat erdhën e iu dendësuan, aq sa më krijohej përshtypja se kisha nëpër duar një fragment pylli, një pemë në formë njerëzore. Kjo ide më përforcohej edhe më kur vërejta se klithmat dhe ofshamat gati prozaike, që lëshonte dikur gjatë aktit të dashurisë, qenë shndërruar në cicërima dhe zhurma të tjera të buta e të këndshme, që dëgjohen në pyll kur fryn ndonjë puhizë e lehtë.

Arsyetova se një iluzion i tillë më krijohej ngaqë prania e saj me jepte atë kënaqësi dhe prehje që është i zoti t'ia ofrojë vetëm pylli me bar e lule, ujë e freski, udhëtarit të shkrumbuar nga shkretëtira gjashtë-ditëshe e javës.

Për tri javë nuk erdhi. A nuk ju duket ky një shkak i mjaftueshëm për të dyshuar se diçka e rëndë kishte ndodhur me të dashurën time? U nisa për në rrethin e harruar të veriut, ku ajo banonte. Sapo mbërrita në qytet, vërejta se pothuajse të gjitha bisedat vërtiteshin rreth një vajze që paskësh mbetur shtatzënë dhe që familja e kishte zbuar nga shtëpia. Flisnin për të si për një kurvë të përdalë, si për një çnderim dhe si për turpin e turpeve të të gjitha pjellave të komunës. Nuk e çela birën e gojës; kisha frikë se mos ulërija. Rrasa nja dy dopjo raki dëllinje në një kioskë buzë rrugës dhe me vrap shkova te materniteti. Para turinjve ma përplasën një derë me hekura dhe kompensatë, si ato të depove të helmit nëpër kooperativat bujqësore,

"Ik!", më thanë, "ajo ka marrë malin.".

O Zot, duhet të ketë vrarë veten nga trishtimi, më kaloi nëpër tru si thikë e ithtë. U nisa në drejtim të pyllit, "të malit", siç e thërrisnin me përbuzje banorët. Duke thirrur, hyra në thellësi. Kaq shpesh e thërrisja emrin e saj, sa që edhe po të më përgjigjej nuk do ta dëgjoja. Dikur u ndala i thërrmuar rrëzë një peme dhe ia këputa një të qare të egër, gulçuese, që më buronte nga shpirti i dallgëzuar si det i çmendur me valë. Mes dënesave dëgjova një zë. Jo zë njeriu. Zë drurësh, zërin e pyllit, një zë të çuditshëm, vajtues, jeshil. Ashtu në gjunjë u vura në ndjekje të tij, të burimit nga vinte dhe ja, në mes të një lëndine, e dashura ime, krejt e blertë, gjysmë lakuriqe, rënkonte.

Kur u ndodha në gjunjë pranë saj, vërejta gjënë më të papërfytyrueshme për trurin njerëzor: E dashura ime po lindte përmes dhimbjesh të papërshkrueshme një BIMË!

Po, po, një bimë me kërcell të brishtë, gati të tejdukshëm, me gjethe të vockla e të tulta, me formë zemrash të imta. Rrënjët e saj nuk qenë shkëputur akoma nga embrioni, ndërkohë që pesë gjethe, në një lastar, si dorë fëmije, po mundoheshin t'i ekspozoheshin sa më shumë diellit. E dashura ime rënkonte butë, si pemë nën shiun e imtë.

E ndihmova të lindte falë disa dijeve të vjedhura nga një libër i ndaluar i gjinekologjisë. Rrënjët e bimës sonë po përpiqeshin të depërtonin në barin e lagësht, ndërkohë kërcejtë filluan të harliseshin nën rrezet e vakëta të diellit. E rrethuam me trupat tanë, duke e këqyrur me dashuri.

Dikur, më tepër se të dashurën time, pyeta gati me zë veten: si ishte e mundur?

"Më mirë, shpirti im.", më tha e dashura. "Bimët rriten e jetojnë më të lira sesa njerëzit".

E lodhur fjeti në kraharorin tim. I mbylla sytë edhe unë.

Në ëndërr pashë policin e lagjes sonë. Dëgjova edhe kërcëllimën e një palë hekurave, që më kishin ndenjur para turinjve gjithë jetën. Pas pak, polici u shndërrua në dhi dhe deshi ta hante filizin e njomë të bimës që kishte lindur e dashura ime. Befas edhe unë u shndërrova, u shndërrova në ujk, në ujk të egër, me sy të gjakosur. Ia ngula dhëmbët në qafë dhisë së veshur me uniformën e policit të lagjes.

Shteti qe i zënë me fushatën e korrjeve; kish mbjellë shi, po korrte breshër.

Pas pak erdhi dimri, acarin e të cilit nuk e thyente dot as gazsjellësi "Druzhba", krenaria e Europës Lindore. Kur u zgjova nga gjumi, po ndjeja të ftohtë, shumë ftohtë. Dhëmbët më kërcisnin. Bima jonë qe drunjëzuar dhe rritur për bukuri. Zgjova të dashurën dhe u nisëm, nuk e di se në cilin drejtim; kurrë nuk e kemi ditur nga është lindja, as perëndimi. Kishim veç një pikë orientuese mbi glob, krijesën tonë, që u detyruam ta linim në mes të pyllit dhe të natës…".

Kur ai farë djali mbaroi së treguari këtë histori "spektakolare", u ngrita nga krevati dhe i brita me sa fuqi pata:

"Çka do të thotë e gjitha kjo?!".

"Ç'ke?", më pyeti ime shoqe nga ana tjetër e shtratit.

"Asgjë, pashë një ëndërr...", u përgjigja kur kuptova se, në të vërtetë, ai farë djali s'kishte hyrë hiç në dhomën time, as nuk i ishte afruar krevatit në majë të gishtave, siç kujtoja unë, e se në fund të fundit e gjithë ajo histori kishte qenë veç një ëndërr, një ëndërr e mrekullueshme, fantastike, të cilën më duhej ta shënoja disi e ta përdorja diku në romanin tim.

Fletorja12, faqja 46

E kam njohur personalisht atë njeri, kur para shumë vitesh më thirri në hetuesi, në një bisedë informative, siç e quajti ai, që më kujtohet e plotë:

Ai: Çka mendon ditën e hënë?

Unë: Asgjë. Ditën e hënë nuk mendoj fare.

Ai: Si e shikon ti ditën e hënë, se për të dielën e di!

Unë: Si të të them...? Dita e hënë është dita e parë e javës, domethënë Fillimi. Fillim quhet thjesht sepse vjen pas së dielës, që është e fundit, pra Fundi. Më vjen keq për njerëzit që vënë fillim e fund në një hark kohor prej shtatë ditësh. Fillim dhe Fund ka vetëm një, janë emra të përveçëm, nuk mund të përsëriten çdo javë. Fillimi është Lindja, Fundi është Vdekja, në kuptimin dialektik të fjalës. Ka edhe një kuptim tjetër metafizik, që është pak më i gjerë, por që ka implikime që nuk përputhen me ideologjinë tonë, pra është një kuptim i huaj për botëkuptimin tonë. Kur them se vdekja vjen nga Lindja, nuk e kam fjalën për Lindjen si koncept gjeo-politik, siç mund ta interpretoni ju politikisht, dua të them se nuk mund të vdesë dikush që nuk ka lindur, pra nuk ka Vdekje pa pasur Lindje. Si të thuash, ai që lind të hënën, që është fillimi, nuk do të vdesë të dielën që është fundi, siç ai që vdes të dielën nuk ka pse të shpresojë se mund të rilindë të hënën, thjesht pse e hëna është fillimi. Kjo është thjesht një lojë fjalësh. Nuk ia vlen të më thirrni në hetuesi për këto gjëra, që unë i konsideroj gjimnastikë për trurin.

Ai: Po botën, si e shikon botën ditën e hënë?

Unë: Paj, ditën e hënë bota është më e larë, i vjen era sapun. Ditën e hënë bota është e rruar, të gjitha leshrat e javës rruhen të dielën, rrjedhimisht të hënën bota gdhihet pa lesh.

Ai: Po korbat, çka bëjnë korbat ditën e hënë?

Unë: Shkojnë në terren e ushqehen me çka të mundin, nxjerrin dhjamë nga pleshti.

Ai: A ushqehen me kërma?

Unë: Ndoshta edhe me kërma, pse jo?!

Ai: A po ndien erë stërvine këtu?

Unë: Jo, nuk po ndiej!

Ai: Po që të janë mykur trutë e ndjen?

Unë: As këtë nuk e ndjej. Zakonisht trutë e mia i marr dhe i hap në tel të dielave, aty
ku nëna hap rrobat e lara. S'kanë pse të më myken

as trutë, as mendimet.

Ai: Po "hapësira pa javë e aq më pak me të diela" e di ku ndodhet?

Unë: Jo, nuk e di!

Ai: Ta tregoj unë, në burg ndodhet!

Unë: Ky është kërcënim shoku S., apo... sa për bisedë e thatë?

Ai: Sa për bisedë po të them edhe këtë tjetrën: rri urtë, trus bythën, në mos ta kam
gjetur vendin pa javë e pa të diela. A më kuptove?

Unë: Të kuptova shoku S.

Ai: A mos po shkruan një roman, apo s'di se çfarë dreq vepre letrare?

Unë: Veç po i hedh ca shënime, ndoshta kurrë nuk i botoj, një gjë intime!

Ai: A ke personazhe të partishme, heronj të rinj?

Unë: Për të partishëm e vlerëson partia, por sa për të rinj, me të vërtetë janë të rinj!

Ai: Pse tallesh? (më gjuan shuplakë turinjve sa mundet)

Unë: Kur të bëhem shkrimtar me famë ke me u pendue për kët' shplakë.

Ai: Do të të rrah edhe kur të bëhesh "shkrimtar i famshëm", hajt var bythën!

E shënova të plotë dialogun me shokun S, sepse sot, pas kaq vitesh, më erdhi një letër prej tij. Nuk punon më aty ku më dha shuplakën dhe duket i penduar. E humbi punën, siç thotë vetë, jo se nuk mundi të gjejë vrasësin e farmacistit miop e as se përse dy djem të qytetit tonë u larguan një mëngjes drejt fshatit matanë, që e kishim të ndaluar ta shihnim për pesëdhjetë vjet.

Në letrën shoqëruese nuk ka harruar të më kërkojë falje për atë shuplakën dhe thotë se ka hequr dorë nga ideja për të më rrahur edhe kur të bëhem shkrimtar i famshëm. S-ja është njeri i penduar. Hap letrën e ambalazhit dhe filloj leximin.

Fletëhyrja

Nuk më pëlqen hiç shteti yt! Kështu më tha. Do të kisha dashur t'i thosha personit që shoqëroja e që m'i tha ato fjalë për shtetin tim: punë e madhe se nuk të pëlqyeka. Na pëlqen neve, që jetojmë në të! Por nuk ia thashë, nuk isha i autorizuar. Detyra ime ishte ta shoqëroja kudo, deri edhe në banjë. Detyrë shteti, vëllai im! Në shtetin tonë, i pëlqen apo nuk i pëlqen këtij sojliut, punët janë të ndara. Ndaj edhe unë iu përgjigja siç ma kërkonte detyra. I thashë se kjo gjë vinte ngaqë ai nuk e njihte sa duhej shtetin tonë, se isha i sigurt se kur ta njihte më mirë do t'i pëlqente, për më tepër...! Por sojliu nuk më la ta mbaroja fjalinë. "Ndoshta...!", ma preu si i humbur. Nuk lashë vend të bukur të dheut tonë pa e shëtitur e shpenzuam nga buxheti i shtetit një thes me para veç si e si ta kënaqnim. Ai, turivarur se turivarur rrinte. Kisha vënë re se, kur hynim në ndonjë lokal, kafe, institucion apo zyrë, në hyrje të të cilave kërkohej paraqitja e "Fletëhyrjes", bezdisej aq shumë sa që gati sa nuk ulërinte. Thua se nuk isha i pajisur me të gjitha "fletëhyrjet" e shtypura në shtetin tonë. Si t'ia bëja atij? E di se në shtetin e tij punët shkojnë rrokopujë, nëpër institucionet shtetërore atje hyjnë e dalin derri e dosa. Në shtetin tonë sundon disiplina proletare. Gjithkund me fletëhyrje. Ka rregulla dhe ligje vendi ynë. Punohet me plan, ndaj edhe punët shkojnë vaj. Deri edhe për shtypjen e fletëhyrjeve ka një zë në buxhet. Brenda këtij 5-vjeçari do të shtypen njëqind e gjashtëdhjetë e pesë mijë fletëhyrje, asnjë më shumë e asnjë më pak. E di që ai nuk e ka formimin e duhur për t'i kuptuar këto gjëra.

Isha me të, jo thjesht për ta shoqëruar që të mos i ndodhte ndonjë e keqe, por edhe për ta ndihmuar ta kuptonte moralin e lartë të shoqërisë sonë. Kështu kaluan shumë ditë e ndoshta gjithçka do të kalonte pa probleme sikur një mbrëmje të mos më kërkonte të shkonim t'i vizitonim varrezat e qytetit. Sikur të më kishte kërkuar t'i vizitonte varrezat e dëshmorëve, do ta kisha shoqëruar me kënaqësi, por varrezat e qytetit jo.

"Janë të mbyllura natën varrezat, zotëri!", i thashë, sa për të gjetur një justifikim.

"Si, edhe varrezat i keni burgosur?", më pyeti dhe një shkëndije dinake i shndriti në qosh të syrit. M'u tha goja!

"Jo, zotëri, çfarë burgu, varrezat jetojnë në liri, si çdo send tjetër në vendin tonë, por ruhen nga një roje gjatë natës dhe ai nuk do ta kuptojë vizitën tonë, nuk do na lejojë as të hyjmë brenda. Nuk kam me vete as fletëhyrjet për në varreza!", e lëshova këtë fjalinë e fundit, duke harruar për një çast se sa inat i kishte ai fletëhyrjet.

Më kishte mbërthyer një ndjenjë e keqe frike. Kisha dëgjuar se të vdekurit e qytetit tonë nuk rrinin rehat gjatë natës. Gjithfarë thashethemesh endeshin në qytet. Më kishte rënë rasti të dëgjoja se, njëherë, të vdekurit kishin vendosur ta nxirrnin nga varri një ish-spiun dhe nuk e kishin lejuar më të kthehej në varrezë. Var bythën, i kishin thënë, lyp varr ku të duash tani, shkërdhatë!

Por isha njeri që u besoja shefave, ata do të duhej ta kishin menduar edhe këtë punë. Nën dritën e pashpirtë të një neoni, kontrollova gjithë fletëhyrjet që mbaja me vete.

"Edhe për në varreza duhet fletëhyrje në shtetin tënd, shoku S?", më pyeti ai me djallëzi. "Hiç nuk më pëlqen ky shteti yt!".

Atëherë nuk m'u durua më:

"Më plasi bytha se nuk të pëlqen, as mua nuk më pëlqen shteti yt!", ia përplasa në fytyrë atij borgjezi të pakorrigjueshëm, që po mundoheshim ta bënim mik të vendit tonë.

Qeshi me të madhe dhe bëri disa hapa drejt varrezës, pastaj u ndal dhe m'u kthye:

"Përgjigja jote më pëlqen shumë herë më tepër se shteti yt!".

Çfarë t'i thosha tjetër? Detyrën time në mbrojtje të

shtetit e kisha kryer. Më vuri dorën mbi sup dhe nuk ndali së qeshuri deri sa hymë në hotel. Pak kohë pas kësaj ngjarjeje më hoqën nga puna; më fajësuar për mungesën e fletëhyrjeve për në varreza.

S.S-ja ma dërgoi këtë pusullë për të dëshmuar disidencën dhe patriotizmin e tij; nesër ose pasnesër do të shkruajë në gazetat e djathta e do t'u thyejë brinjët atyre që akoma do ta mbështesin regjimin e shkuar. Ndërsa bisedën informative me mua do ta konsiderojë si një përpjekje mbrojtjeje që unë, ndryshe nga shumë të tjerë, të mos dergjesha burgjeve e kënetave, me justifikimin se që atëherë e ka vlerësuar gjenialitetin tim. Madje mund edhe të më thotë: "Unë kam folur me ty siç flitet me një intelektual të vërtetë dhe më kujtohet se ata, edhe në atë kohë të ashpër, kanë gjetur mënyra shprehjeje për të kundërshtuar regjimin, natyrisht, të pakuptueshme për masat e gjera të njerëzve.".

Mbase të gjitha këto gjepura ai do t'i botojë i bindur se s'do të replikoj me të. Atëherë do të jem duke shkruar romanin që s'po e shkruaj dot për shkak të letrave që po më vijnë çdo ditë.

Kush merret me një plehrë të së shkuarës? – do ta nënvlerësoj unë, ndërsa ai, me dëshmitë e

patundshme të disidencës, do të ngjitet mu në majë të piramidës. Në po atë piramidë shtetërore, që natyrisht do të ndërrojë formë, por ai do të ketë po të njëjtin vend. Me kalimin e viteve, ai s'do të ndjejë më frikë nga unë dhe ndoshta pas tridhjetë vjetësh im bir do të jetë në të njëjtin vend para birit të tij, siç isha unë para t'atit. Rrethi vicioz mbyllet njëherë në pesëdhjetë a gjashtëdhjetë vjet. E tmerrshme është ta pranojmë, veçse fëmijët tanë e fillojnë gjithmonë aty ku ne e kemi mbyllur dhe vërejnë në fund të jetës së tyre se kanë ardhur edhe një herë në fillim. Bëjnë kryengritje edhe fëmijët e tyre, domethënë nipërit tanë; rrëzojnë sisteme (të vjetra - i quajnë ata) dhe ndërtojnë sisteme (të reja - si tonat, themi ne). Kjo i ngjan pak filozofimit. Kur isha në gjimnaz, më kujtohet se kam hedhur disa shënime, filozofike sigurisht! Të shoh në i kam ende!

Fletorja 2, faqja 176
Nëse jetoj në këtë shoqëri, jetoj për t'i shtuar diçka. Nuk jam thjesht një gojë, një çapellë që ha, një trup që merr rreze, një palë mushkëri që harxhojnë oksigjenin gjithnjë e më të rrallë, një qenie e ulët konsumuese dhe ndotëse e ambientit. Kam bërë shumë prova për t'i shtuar diçka të mirë botës, por dështova.

Jam lodhur në përpjekjet për të zbuluar diçka të re, të dobishme, ashtu siç jam tronditur kur kam vënë re se atë që kisha zbuluar për herë të parë, të tjerë para meje e patën gjetur, shpesh edhe tre-katër mijë vjet më herët. Thjesht kështu kam mësuar historinë. Kjo s'më ka bërë keq, nuk jam shkurajuar asnjëherë, prapë shpresoj se mund t'i shtoj diçka të mirë botës.

Nganjëherë më duket vetja eksplorator në kërkim të atyre rregullave dhe ligjësive me të cilat mund ta rishpik shoqërinë njerëzore, kulturën dhe historinë e saj. Truri më punon pa ndërprerje nëpër vrimat e errëta të kozmosit, nëpër nebulozën e pustë të shpirtit dhe mendjes njerëzore. Kur zbuloj ndonjë rreze drite e shprese, e shqiptoj pa pikë frike, pa marrë parasysh as rrezikun, as privilegjin e autorësisë.

Njëherë, në klasë të shtatë zbulova se edhe mësuesi i gjeografisë, që na rrihte me shkopin e hartave, e bënte shurrën si të gjithë të tjerët. Këtë zbulim ua tregova gjithë shokëve e shoqeve, por nuk ma besuan. Për ata qe e pamundur që një njeri i vrazhdë, i ashpër dhe i ditur si ai, të kishte vese aq të ulëta njerëzore sa ta bënte shurrën pas ndonjë ferre, ashtu siç bëjnë edhe qentë. Edhe vetë ia kisha frikën zbulimit tim; frikë që lidhej me shkopin e hartave.

Në këtë fragment fletoreje gjenden edhe disa shënime për shtetin dhe karakterin e tij të dhunshëm, por vërej se nuk jam ndonjë farë filozofi. Janë thjesht ca lutje dhe moralizime për të hequr dorë vullnetarisht nga dhuna, gjë që më afron shumë më tepër me priftërinjtë sesa me filozofët. Në shtetin tonë nuk ka priftërinj, ka veç filozofë dhe njerëz me uniforma. Feja ndalohet me kushtetutë.

* * *

Jo rrallë nëpër faqet e këtij dorëshkrimi kam

shënuar "pjesë nga romani im", për t'u siguruar se ato nuk do të ngatërrohen me pjesët e tjera, me ato që m'i dërgojnë të tjerët dhe që unë i lexoj thjesht nga kurioziteti, jo se kam ndërmend, larg qoftë, ta përziej librin, romanin tim me to! Në fund të fundit, a mundem ta përziej me këtë tekst të dërguar nga një njeri që hiqet si "njohësi më i mirë i plehrave të qytetit tonë"? Nuk e di se çfarë dreq merite është kjo, që njeriu të mburret me të! Më së shumti, një njohës i mirë i plehrave mund të bëhet kryefshesar, ose magazinier i plehrave, kryepunëtor i përpunimit të plehrave në një fushë të braktisur në jug të qytetit. Megjithatë ka shkruar një listë të gjatë plehrash, pa shkronjë të madhe, pa asnjë shenjë pikësimi dhe u ka vënë një titull intrigues:

plehra nga jashtë e nga brenda
në rrugë çfarë nuk ka në shtëpi çfarë nuk ka në zyrë në vende pune çlodhjeje çfarë nuk ka çdo gjë e tepërt gjysmë e tepërt shpesh edhe e çmuar gjendet në kosh të plehrave të mbeturinave "hidhni mbeturina" shkruhet e zeza mbi të bardhë dhe njerëzit hedhin mbeturina "mos hidhni mbeturina" shkruhet e zeza mbi të bardhë e njerëzit prapë hedhin mbeturina nëpër kosha plehrash qoshe rrugësh rrëzë muresh në rrënjë të pemëve në të çarat e pafundme të asfaltit të pllakave në xhepat e një burri në brekët e një kurve në trurin e njerëzve në thonjtë e fëmijëve në dhëmbët

e qenve dhe të plakave ka mbeturina mbeturina ka
kudo ku më të dukshme e ku më të padukshme
veç gjithsesi plehurina teprica mbeturina hedhurina
shkarravina shkatërrina të gjithfarë lloji xhama të
thyer gjysma çizmesh copëza pasqyrash që dikur
kanë pasqyruar fytyra surretër maska pastaj leshra të
prera copëra letrash nga librat e mao ce dunit kadafit
kim ir senit shollohovit baj czinit mitrush kutelit
gjergj fishtës faik beut tasa të palarë kutia konservash
sovjetike shishe të thyera gota pjata eshtra kocka
pule lepuri dashi gomari pupla pëllumbi sorre fazani
mendjemadhi fragmente statujash statujash të shën
marisë shenjtit nikollë e të shënjt dreqit pëlhura të
pikturueme me palma e brigje orientale nudo skena
makabre letra makaronash e partiturash bishta preshi
cigaresh njerëzish e kafshësh thashethemesh fshesash
bërthama pjeshke molle kungulli e atomi lëvore vezësh
patatesh kastravecësh gjellë e derdhur me spinaq
e oriz lëkurë sallami portokalli dhe dyfytyrshash
kafka lope macesh gjelash minj të ngordhur fasho
me gjak e qelb garza me menstruacione spermë dhe
embrione të abortuara fëmijësh e idesh brisqe rroje
tubeta pastash kremrash buzëkuqesh pomadash për
fytyrëthatë fytyregër fytyrëqelbur çorape këpucë
triko xhaketa gozhda copa llamarine teneqeje pllaka
majolike grimca suvaje llamba të djegura mbeturina
të pafajshme lodra të prishura fëmijësh tanke arushë
raketa lepurushë avionë bretkosa lodra qelqi qeramike
pelushi metali copa teli zare guriçka letra pokeri

copa parullash kartoni e beze të kuqe kutia të vjetra votimi fragmente dosjesh lot të bërë thërrime në mes të asfaltit gjethe gjethe e shkarpa të thata ashkla te njoma fragmente buzëqeshjesh të lëna përgjysmë e të hedhura marrëdhënie sakate dashuri të fyera të ndotura të thyera njolla fytyrash të shpëlara demode fjalë të vjetra citate të reja kadavra vizatimesh për s'dihet se çfarë projektesh sy të pakafka dhe kafka të pa sy pa veshë fije bari gjemba iriqi dhe tela me gjemba gazeta të përditshme (përzishme) të përjavshme (përvajshme) tek tuk ndonjë lule dhe o zot… një pyll i tërë drurësh të djegur të bërë hi hi pa blerim e krënd pa zogj e pa lëng aty në mes të plehrave në fakt jo në mes të plehrave por në qosh të tyre aty ku mbaronte qyteti dhe fillonte pylli u gjetën edhe një palë syze të trasha miopësh syzet e farmacistit miop që i gjeti hafizja e çmendur dhe që u dorëzuan në duart e s-së

Këtu përfundon edhe lista e plehrave. Habitem dhe më vjen keq për autorin e kësaj liste të kujdesshme, më vjen keq për të, pasi është lodhur shumë për asgjë, pasi nuk më shkon bira e mendjes që të botoj në librin tim të ardhshëm, në romanin tim kësi sendesh të pista, këso lloj listash të turpshme e të neveritshme plehrash.

S'mund të tallem me lexuesit e mi, me ata lexues që pretendoj se, pasi të shohin ndonjë dramë të Shekspirit, të ndjekin ndonjë opera të Verdit, të lexojnë apo bisedojnë rreth Kafkës, Kamysë, Updikut, Ismailit tonë apo Xhojsit, do të mund të lexojnë, duke e shoqëruar me çaj e uiski, ndonjë rresht nga shkrimi im, nga teksti im i trishtë.

Ani, thashë me vete, veç duket se korbat që kam përmendur në roman mund të kenë një farë lidhje me plehrat e plehnarit. Gjithsesi, fati i keq i shkronjaplehut: do të mbetet jashtë librit tim. Zoti e ruajt!

* * *

"Na ishte njëherë e një kohë një stinë e llurbët vrasjesh!". Kështu e fillonte letrën e tij një zyrtar anonim, i mbetur jetim qysh në fëmijëri.

"Banorët e qytetit nuk merrnin dot frymë së renduri, shtëpi-varreza; dy-tri herë në ditë. Kjo histori e kortezheve nuk vazhdoi gjatë.

Ata që vrisnin e kuptuan se sa i rrezikshëm ishte ai lumë trishtimi e revolte që derdhej çdo ditë nga qyteti në varreza e mbrapsht. Vendosën t'i varrosin vetë viktimat e tyre, me ceremoni të thjeshta kriminelësh nëpër varre të cekëta, humbëtirash e skutash.

Pak ditë para se të lindja unë, ashtu kishin vrarë dhe varrosur edhe tim atë.".

Këtë fragment e kishte zgjedhur si prolog të ngjarjes që rrëfente në dy faqe, zyrtari anonim dhe jetim, titulluar:

"Uji i varrit"
Jeta ime është më e helmët se qeska e akrepit. Më

duket sikur në ballë kam të pikturuar një shenjë "rrezik-vdekje", si ajo në muret e kabinave elektrike apo depot e pesticideve nëpër kooperativat bujqësore.

Shtëpia ku jetoj është dydhomëshe, përdhese, me dyer që hapen drejt e në rrugë. Pronari ynë, i imi dhe i shtëpisë, thuhet se është një prej atyre që dikur ka vrarë. Dikush thotë se e nxorën në lirim se ishte zemërpulë e nuk vriste dot një zog; dikush tjetër se ishte katil e dëshironte të zinte vendin e parë si vrasës.

Kur e humbi garën, e hoqën apo iku vetë, nuk dihet. Ca kohë kishte turbullira mendore; i dukej vetja si kuçedër me shtatë koka, herë me shtatë fytyra, njerëzit i dukeshin si biftekë të lëvizshëm. Këto lloj halucinacionesh ia kuruan në një spital me emër të keq dhe më vonë në një burg me lagështirë.

Nuk e di pse jetoja me të. Nuk e di as se e kujt është shtëpia, e imja apo e tij. U bindem verbas edhe marrive më të pakallëzueshme. Natën shoh në ëndërr sikur ai është vrasësi i babait tim e në mëngjes më vjen ta puth edhe pse ndjej neveri nga era e alkoolit dhe e barishteve me të cilat ushqehet. Nganjëherë, kur ma hedh dorën në qafë, më pëlqen të shtrëngohem pas këmbës së tij e të shkrehem në vaj. Është mbrojtësi im, engjëlli që më ushqen dhe më mban gjallë. Fill pas këtij lëngështimi më neveritet vetja, shtrëngoj dhëmbët të shpëtoj shpirtin pa më dalë përjashta i copëtuar në shtatëqind copa.

Është i çuditshëm dhe i sëmurë; kur i dhemb mëlçia pi raki, i dhemb koka kur bërtet dhe gjithë ditën çirret me sa zë ka, i shëmtohet fytyra kur bën sikur qesh e s'lë rast pa u zgërdhirë, kur ka vapë vesh pallto, kur bën ftohte heq edhe të mbathurat.

Lakuriq si i biri i dreqit endet nëpër shtëpi. Por i miratoj të gjitha këto veprime, sikur të ishin më normalet në rruzull. Kush tha "sikur"? Ato janë vërtet gjërat më të përsosura që mund të bëjë dikush në këtë rruzullim tërë qoshe. Sepse ky dikush është ai që i ka të gjitha ato gjëra që unë nuk i kam.

Jam i detyruar të përfitoj nga ai në mënyrën më dinjitoze që mund të përfytyrohet. Ai nuk më mban për lëmoshë dhe unë e ndihmoj të jetojë. Me tërë fuqitë e mia! Bëj gjithçka dëshiron nga unë. Por edhe ai më mban gjallë, më ushqen, jetoj në shtëpinë e tij. Pse? Ndoshta ngaqë më ka një borxh, që s'dua ta besoj: ma ka vrarë babën pa të drejtë. Po sikur të kishte pasur të drejtë? Tani dëshiron të shlyejë gabimin. Gabon njeriu i shkretë, hyn pa dashje në shtëpinë e tjetrit, e nxjerr jashtë të zotin e shtëpisë, në mes të natës, ia thotë dy-tri fjalë të mësuara përmendësh dhe e vret gabimisht!

Ndonjëherë sillet keq me mua, por ia fal, e fal se jam zemërgjerë! Nuk është se nuk bëj edhe unë kryengritje! Bëj që ç'ke me të! Veç, kryengritjet e mia nuk kanë fatin të pasqyrohen nëpër kronika gazetash apo televizioni, por, për nga heroizmi dhe dinjiteti, kultura dhe ideali, hiç më poshtë se kryengritjet e tjera të racës njerëzore nuk bien.

E kam bërë zakon të bëj kryengritje të heshtura, të

urta. Qengj të urta. Nuk kam ndërmend të flas për të gjitha kryengritjet, do të ndalem vetëm në atë të fundit, rezultat i së cilës është edhe liria ime e sotme. Liri që po më hyn kaq pak në punë. Qeshë mësuar me antilirinë aq mirë, tani jam penduar që ngrita krye.

Nejse, ajo filloi në mes të natës, siç kanë nderin të fillojnë kryengritjet e paramenduara me kujdes, me mend në kokë e guxim në zemër. Çasti fillestar ka përkuar me ngritjen e kokës sime nga nënkresa, kur dëgjova zërin e tij të shteruar: "Ngrehu!". Qeshë shumë i lodhur. Sapo më kishte zënë gjumi dhe po shikoja në ëndërr një pyll të kristaltë akulli, në të cilin ca zogj të çuditshëm trekëndësh rrëshqisnin e cijatnin, përpiqeshin të hynin në foletë e tyre të mbështjella në akull dhe rrëzoheshin në prag të tyre, duke mbetur si njolla të murrme në akullin e bardhë. Gjahtarë pa çifte i kapnin zogjtë e rrëzuar, ua këpusnin kokat dhe ua pinin gjakun e nxehtë. Pastaj gogësinin e pështynin në akull, pasi kapërdinin jo rrallë edhe ndonjë pupël apo organ të brendshëm të zogjve. Së fundi, zogjtë e shtrydhur, të rrudhur, i përplasnin nëpër pemët e akullit. Prej thirrjes së tij, gjumi më kishte dalë, por ëndrra rrinte aty në prag të qerpikëve, duke pirë dy-tri pika lot, që më kishin rrëshqitur në gjumë nga dhimbja që ndjeva për ata zogj.

"Dua ujë burimi!", u hakërrye ai në dhomën tjetër. Në atë dhomë kishte një çezmë. Uji i saj gurgullonte. Po a mundem ta pyes se pse i është tekur në mes të natës të më dërgojë rreth gjysmë ore larg shtëpisë për t'i mbushur ujë burimi, sepse ai i çezmës nuk i pëlqente? Nuk mundem pra! Nuk bëj shaka me bukën e gojës. Kështu u ngrita. U vesha dhe dola në rrugë. Binte një shi nga ata që e kanë zakon të të lagin deri në palcë të kockave. Rruga për te burimi kalon nëpër varrezat e vjetra të qytetit. Nuk u trembem varreve, ua kam marrë dorën të vdekurve. A nuk jam edhe vetë një i vdekur i sojit të veçantë? Kur po kaloja pranë varreve, pashë se njëri prej tyre ishte shembur dhe në të qe formuar një pellg i zi uji. Pa një, pa dy, rrasa bidonin e vogël drejt e në pus dhe dëgjoja me kënaqësi se si gurgullonte uji i zi përmes grykës së ngushtë të bidonit. "Këtë ujë do t'ia jap ta pijë!", thashë me vete, pa e hetuar se një përvëlim kënaqësie po m'i lëpinte eshtrat e lagura, që deri pak më parë po më mërdhinin. Një ndjenjë hakmarrëse po ma mbushte kraharorin dhe nuk e di se me çfarë arsyetimi e binda veten se ai ujë vdekjeje, domethënë ai ujë varri, do t'i shkaktonte edhe atij një vdekje të sigurt. U binda edhe më tepër rrugës, pasi mendova se s'mund të kishte helm farmacie në botë që të mund të kishte efekt vdekjeprurës më të fuqishëm sesa uji i një varri të shembur! Substanca e vdekjes prej vitesh e vitesh ka pasur kohë të tretet, të përqendrohet në këtë ujë të ndenjur. Vdekja prej atij uji ishte e sigurt.

O Zot! Çfarë etje ka pasur ai atë natë! Sikur të mos kishte pirë ujë prej javësh, gjatë udhëtimit në një shkretëtirë të dielltë! E thau bidonin me një të ngritur. Unë i rrija i ngrirë para. Atij i dukej sikur pinte ujë, por unë e dija: po pinte lëngun e vdekjes së vet!

"Nuk ka ujë më të mirë në botë sesa uji i atij burimi!", tha duke e hedhur bidonin. Ashtu është, miratova me fyt të tharë e trup të lagur, jo vetëm nga shiu, por edhe nga djersët që më mbuluan nga frika. Vetëm pas pak minutash i doli kokrra e shpirtit me një pamje të qeshur në fytyrë. Ia dhashë një ulërime që ia rrëqethi edhe atij mishin e vdekur. Më erdhi keq dhe nisa të qaj.

Pasi pushova së qari, vërejta se isha fillikat i vetëm dhe i lirë. Më trishtoi ajo liri bajate. Nuk jam ngushëlluar as më vonë, kur kam vërejtur se edhe kryengritje të tjera, shumë më të mëdha e më të zhurmshme se e imja, kryengritje me heronj e gazeta, kanë degraduar shumë shpejt në instinktin e kushtëzuar të ushtarit: asgjë pa urdhër! Tani s'më jep askush urdhra. Rri këtu kot, pa lëvizur, vëzhgoj vendin ku ai u shtri atë natë, i vdekur. Jam gjallë, këtu ku jam. Më duket se asgjë nuk lëviz. As uji i varreve, zakonisht, nuk lëviz.

Epilogu.
...stina e vrasjeve ka marrë fund. Uji i varreve po tërhiqet për t'u rishfaqur nuk dihet se kur, nga pak po avullon. Avujt e tij shpesh bëhen shtjella e na e marrin frymën.

Fletorja 1, faqja 1

Për herë të fundit, varret e qytetit tonë u panë pas Malit me Gungë. Po iknin! Thanë se qe mjegull dhe nuk numëroheshin dot! Dikush, i interesuar që t'i numëronte me çdo kusht, kishte zënë vend pas shkëmbinjve, duke mbajtur në prehër një fletore kapaktrashë. Aty kishte shënuar, sipas mendjes së tij, me saktësinë më të madhe, numrin e "të vdekurve të gjallë" dhe numrin e "të vdekurve të vdekur" të qytetit tonë.

TË VDEKUR TË VDEKUR	TË VDEKUR TË GJALLË
*********************	* ** *
*********************	*
*********************	* **
*********************	
*********************	*
*********************	
*********************	*

Ikja e varreve u shpjegua me faktin se qyteti po përgatitej për vdekje të shumta, të përnjëhershme e hapësira për varre qe krejtësisht e pamjaftueshme. Grumbujt e dheut, të dërrasave të kalbura, së bashku me skeletet e arratisura, krijuan një gjendje të rëndë të ajrit, gjë që u vërejt edhe nga braktisja pothuajse e plotë që i bënë qiellit të qytetit të gjitha llojet e zogjve. I vetmi varr që nuk u arratis qe ai i Kostandinit; nuk kishte pse, ai qe një varr bosh, i zoti i tij qe larguar para ca vitesh në kërkim të së motrës dhe nuk qe kthyer më në qytet, as në varr. Largimi i tij pat bërë bujë të madhe ndër të gjallë e ndër të vdekur. Njëqind skelete të bardha i kishin bërë roje nderi, rreshtuar me një rregull protokollar të përsosur në qosh të varrnajës, thua se i kishin ndjekur të gjitha ceremonitë diplomatike të transmetuara në televizion. Doruntina, motra e Kostandinit, qe martuar larg, "nëntë male kaptuar", sipas këngës. Para pak vitesh, bash në vendin ku qe martuar ajo, emigruan mijëra nënshtetas të qytetit tim në kërkim të një jete më të mirë. Zyrtarët e qytetit tim nuk lejuan askënd të komunikonte me të ikurit, me tradhtarët, ndaj edhe për fatin e tyre veç pëshpëritej, nuk dihej asgjë e saktë. Thuhej se kishin mbërritur shëndoshë e mirë, të tjerë kundërshtonin, duke thënë se anija që i kishte transportuar qe përplasur në një shkëmb të zhytur në mjegull, thua se anija udhëtonte nëpër qiejt e bjeshkëve të qytetit e jo nëpër det të hapur. Për Doruntinën dihej më shumë se për të gjithë. Lajmet e para bënin fjalë për suksesin e saj; fillimisht kishte punuar në një shitore buzëkuqesh, por shpejt, me një shkathtësi dhe shpejtësi të jashtëzakonshme, kishte arritur të bëhej presidente e firmës "Multinational Cooperation of Cosmetics". Punonte në një zyrë luksoze, të xhamtë, qeraste me uiski e shampanjë, kontraktonte, bisedonte në telefon, jepte konferenca shtypi. Kostandini kishte marrë leje për t'u larguar nga varri për pak kohë, veç sa ta shihte të motrën dhe ta pyeste nëse kish ndërmend të vinte për vizitë në qytetin tonë, në qytetin e saj të lindjes. Nëna e Kostandinit refuzonte prej shekujsh të vdiste; nuk kishte fuqi të vdiste pa verifikuar nëse i biri do ta mbante apo jo fjalën e dhënë. Kishte fjalë se Kostandini e kishte provuar edhe herë të tjera të shkonte tek e motra, por kishte dështuar; ose e kishin kapur në kufi, ose ia kishin thyer kafkën nëpër muret e një ambasade diku në kryeqytetin tonë. Njerëzit shpesh e ngatërronin Kostandinin edhe me persona të tjerë që kishin po të njëjtin hall si ai, njerëz që vdekja, burgu apo kufiri i kishte penguar në mbajtjen e fjalës. Nejse! Kostandini mbërriti në shtetin ku qe martuar e motra. Kishte gjetur një përkthyes dhe qe rrasur në hollin e hotelit, në restorantin e të cilit e motra po hante drekë me shefin e shtetit. I përhimtë, me veshje të mesjetës, me një gjuhë si rënkim gurësh, i tronditi turistët e rastit. Njëri prej tyre, që kishte pretenduar se kishte fotografuar Kostandinin, u ndal nga policia dhe pas disa ditësh u dërgua në spitalin psikiatrik, pasi, siç u shkruajt në tabloidin për të cilin punonte, hijet e të vdekurve nuk fotografohen! Policia u mor me zhvillimin e celuloidit, por nuk dha kurrfarë informacioni. Rojet e së motrës e ndaluan Kostandinin në hyrje të restorantit dhe vetëm pas gjashtë orësh arriti të takohej. Menjëherë iu hodh në qafë me një përmallim varror të papërshkrueshëm. Ajo, indiferente, shikonte të vëllain si një objekt muzeal.

"E mbajta fjalën Doruntinë! Erdha të të marr! Nënën e ka këputur malli për ty!".

"Akoma nuk ka vdekur ajo gërdallë?!", pyeti Doruntina. Kjo pyetje e thërrmoi Kostandinin pluhur e hi, para këmbëve të saj, aty në tapetin e trashë persian. Në atë çast, në zyrë kishte hyrë një burrë i gjatë dhe elegant. Pasi u përshëndet me shefen, ai vërejti grumbullin e eshtrave, të dheut dhe të leckave dhe pa e zgjatur mori në telefon, urdhëroi një pastruese të paraqitej në zyrën e shefes, në zemër të korporatës. Pastaj, burri i gjatë dhe elegant u ul në një kolltuk pranë tavolinës ku qe mbështetur Doruntina dhe filloi t'ia ledhatonte gjunjët e zbuluar nga minifundi. Në derë u dëgjua trokitja e ndrojtur e pastrueses dhe menjëherë pas saj zhurma e fshesës elektrike. Burri i gjatë u ngrit dhe iu afrua dritares. Doruntina shikonte grumbullin e kockave të të vëllait me një ndjenjë të përzier keqardhjeje e neverie. Kostandini mblodhi veten. Prej në gjunjë iu lut të motrës:

"Motër, unë u arratisa nga varri! A e kupton se sa e vështirë ka qenë për mua? Erdha të të shoh, të çmallem me ty, të të marr me vete e të dërgoj te nëna, te nëna që nuk v̇des pa të parë edhe njëherë! Por ti ke ndryshuar shumë Doruntinë! Nëna nuk do të të njohë! Është e kotë të kthehemi atje. Dua edhe unë të rri këtu, të punoj këtu!".

"Regjistrohu në një qendër të pritjes së refugjatëve.

Nëse të japin leje qëndrimi, bisedojmë. Tani kam punë!", i tha e motra dhe bashkë me burrin e gjatë, elegant, kaloi në një zyrë tjetër.

Në qytet, njerëzit tregojnë vetëm për ikjen e varreve, por askush nuk ia ka idenë se ku e ndalën marshimin, kah shkuan, në ç'vend u mbollën! Apo kanë mbetur ashtu duke u endur, gunga lëvizëse dheu? Një gjë qe e sigurt: për varrin bosh të Kostandinit filloi menjëherë konkurrenca. Vetë Kostandini kish çuar fjalë, pasi kishte fituar statusin e refugjatit politik, se nuk i duhej më varri. Fillimisht u tha se një arkivol i vogël qe shfaqur në mes të rrugës, pranë vendit të varreve, njëherë i mbështjellë me beze të kuqe e njëherë me të zezë. Dikush tha se ai mund të qe arkivoli i flamurit, duke aluduar me cinizëm për ngjyrat e flamurit të qytetit tonë. U tha se arkivolin e vogël e kishin krijuar korbat që endeshin mbi qytet, gjë që nuk besohej nga shumë njerëz. Korbat nuk janë të zotë të ndërtojnë një fole për vete, le më një arkivol. Enigma u zgjidh shpejt, kur policia arrestoi një grup hajdutësh, që e përdornin arkivolin si kurth për të ngadalësuar shpejtësinë e makinave. Neutralizonin shumë lehtë shoferët e tronditur dhe vidhnin ndihmat ushqimore, që kishin filluar t'i vinin qytetit nga shumë larg.

Poeti B.M. kishte thënë njëherë se varret qenë arratisur, pasi e kishin ndjerë veten keq në fqinjësi me kësi të gjallësh. Ky konstatim kishte turbulluar shumë mendje. Në qytet pyetej se për kë duhet ta ketë pasur fjalën. Poeti më i famshëm e kishte mbyllur debatin kur kishte thënë: "Sigurisht, për vetveten! As varret nuk e duan për fqinj B.M-në.".

Bash në këtë kohë, tre të vdekur krejt të ndryshëm ia mësynë qytetit. Secili kishte një histori më vete. Thua se qytetit nuk i mjaftonin të vdekurit e vet, pa i ardhur edhe të tjerë! Thua se në varrin e vetëm bosh s'kishte se kë të varroste, pa importuar të vdekur nga qytete të tjera.

Kortezhi i parë: Skeleti i pushkatuar!

Vjedhja e skeletit kishte ndodhur pasdite, ndoshta edhe në mbrëmje vonë. Të nesërmen studentët mbetën të habitur. Në qosh të auditorit mungonte skeleti.

- Ku është skeleti? - pyeti pedagogu i anatomisë.
- Ku është skeleti? - pyetën studentët e vitit të parë, mjekësi.
- Ku është skeleti? - pyeti edhe laboranti.
- Hë pra, ku është? - pyeti edhe shefi i katedrës së Anatomisë Normale, që erdhi menjëherë në sallë me një oficer civil të policisë, që hapi bllokun dhe filloi të merrte dëshmitë e të pranishmëve.

Dëshmia e parë, laboranti: "Kur jam larguar, skeleti ka qenë në vend. Pasdreke kam qenë te shtëpia e njerëzve të gruas. Kjo mund të verifikohet. Nuk di gjë tjetër.".

Dëshmia e dytë, roja i katedrës së Anatomisë Normale: "Nuk kam vërejtur asnjë lëvizje të dyshimtë, asnjë skelet nuk është arratisur nga laboratori gjatë pasdites.".

Dëshmia e tretë, pedagogu: "Nga pikëpamja shkencore, një skelet nuk mund të arratiset vetvetiu, pasi, siç dihet, skeleti ka qenë i zhveshur nga muskujt, organet dhe nervat.".

Dëshmia kolektive, studentët: "Ne nuk e kemi prekur me dorë. S'dimë asgjë për fatin e tij.".

Hetuesi tha: "Duhet përpiluar një proces-verbal".

Të gjithë ranë dakord me hetuesin: duhej përpiluar një proces-verbal. Hetuesi diktonte tekstin, laboranti shkruante:

Proces-verbal

I mbajtur sot, me datë kaq e aq, në laboratorin e katedrës së Anatomisë Normale të Fakultetit të Mjekësisë.

Lënda: rreth zhdukjes misterioze të një skeleti.

Pastaj vazhdonte teksti, një detajim i përpiktë i përmasave dhe veçanësive të skeletit, ku të binte në sy fakti se kafka e skeletit kishte pasur një vrimë hyrëse plumbi në os frontalis dhe një tjetër dalje në os oxipitalis. Studentët për herë të parë morën vesh se skeleti i tyre kishte qenë i pushkatuar. Ata kurrë nuk ua kishin vënë mendjen atyre vrimave. Në fund firmosën të gjithë.

Roja: emri, mbiemri (firma).
Laboranti: emri, mbiemri (firma).

Pedagogu: emri, mbiemri (firma).

Studentët, gjashtëmbëdhjetë vetë, emrat, mbiemrat (firmat).

- Grupi juaj ka shtatëmbëdhjetë vetë! Kush mungon? - vërejti pedagogu.

- Mungon E.R., profesor! - u përgjigj dikush.

- Ka ndonjë arsye, di kush gjë? - pyeti prapë profesori.

- Nuk dimë gjë, profesor, veç në qoftë arratisur bashkë me skeletin! - u përgjigj po i njëjti.

U dëgjuan të qeshura. Hetuesi u kujtoi studentëve se kur ndodh një vepër kriminale, askush nuk duhet të qeshë, gjithçka duhet marrë seriozisht. "Rrezikohet vetë shoqëria jonë", shtoi ai. Studentët e patën shumë të vështirë t'ia merrnin seriozisht fjalët, edhe pse e mbyllën gojën.

Pasdite, dy-tre studentë shkuan te dhoma e E.R-së në konvikt, për t'i treguar historinë e bujshme të skeletit. Derën e gjetën të mbyllur nga brenda. Trokitën. Hiç. Trokitën përsëri. Përsëri hiç. As zë, as dritë.

- Hape E.R.! Do të të tregojmë diçka të bukur: kanë vjedhur një skelet! Imagjino çfarë hajdutësh! Hajdutë skeletesh! Hej, a je gjallë? Hape derën! Nga brenda as zë, as dritë.

- Hej, nëse je me ndonjë femër fol, ne vijmë më vonë!

Prapë heshtje.

- Ndoshta ka vdekur!? - ia priti dikush.

- Ndoshta ka bërë vetëvrasje! A e keni vënë re sa i mënjanuar rri?
- Shqyeje derën! - bërtiti një tjetër. I gjithë grupi i tyre, prej katër-pesë vetash, mori turr në korridor dhe dera e lehtë prej kompensate u bë copë-copë. Ndezën dritën. Në shtratin e tij, E.R. po mbështillte me krahë skeletin. I tmerruar nga prania e padëshiruar e shokëve, filloi të ulërinte:
- Çfarë doni, m'u hiqni qafe! Jashtë, jashtë!

Ata nuk luajtën vendit. Mbetën të shtangur. Skeleti i bardhë, i pafajshëm, rrëzëllente ftohtë. E.R. u shkreh në vajë. Qante mprehtë, me dënesa të shkurtra, të thella, thërrmuese.
- Ti e paske marrë skeletin?! - pyeti dikush si i humbur.
- Po, unë e kam marrë! - i klithi në turi E.R.
- Po…, me çfarë do të mësojmë ne? - u shfajësua tjetri.
- Në djall të shkoni me gjithë mësimet! O Zot, po a nuk i keni sytë në ballë, a e shikoni këtë kafkë?

Tashmë E.R. qe ulur në gjunjë pranë skeletit.
- I shihni këta dhëmbë të ndarë? Mollëzat e faqeve, ballin dhe tëmthat, a nuk ngjasojnë ato me të miat? Po këtë vrimë plumbi e shikoni? - pyeste E.R. përmes një vaji rrëqethës, përmbys mbi kafazin e kraharorit të skeletit. Studentët nuk po kuptonin asgjë, ata qenë mumifikuar. Skeleti i shtrirë dhe mospërfillja e tij e bardhë, skeletore e bënte më makabre pamjen. Heshtjen varrore e theu përsëri E.R.

- Sa net kam menduar se, sikur të mos ishte kjo vrimë plumbi, sikur prej saj të mos qe derdhur i gjithë gjaku, sikur ky skelet t'i kishte organet, muskujt, nervat edhe unë do ta kisha një baba, një baba si të gjithë ju, si gjithkush. Po unë nuk e kam, sepse e vranë! E vranë një muaj para se të lindja unë. Nënës nuk ia dhanë as trupin e tij. Të kishim pasur një varr për ta qarë, më të lehtë do ta kishim pasur dhimbjen. Por... jo! E vranë dhe nuk e varrosën, e lanë pa varr. Ia zhveshën mishin për së vdekuri, a për së gjalli nuk e di! E shndërruan në skelet dhe e sollën në auditor, në laborator.

Studentët dëgjonin shokun e tyre tek fliste mes ngashërimeve.

- Tani e mbrapa ai nuk do të rrijë më aty, më përket mua, është ajo që ka mbetur nga im atë. E kam matur centimetër për centimetër, kam lexuar dhjetëra libra antropologjie dhe jam bindur përfundimisht që ky është im atë. Po edhe në mos qoftë, unë do ta varros një njeri që e kanë lënë pa varr. Nëna ime do të qajë mbi një varr të vërtetë.

Të nesërmen, pasi vendosi skeletin në një arkivol, së bashku me gjashtëmbëdhjetë shokët e grupit të tij, udhëtoi drejt veriut, drejt qytetit tonë. Kortezhi i vogël, i pikëlluar, i përbërë nga njëzetvjeçarë, përcolli për në varr një të vdekur të çuditshëm, të vdekur para njëzet vjetësh. I gjithë qyteti doli në përcjellje të tyre, por pa iu bashkangjitur kortezhit të vogël. Kur grupi i tyre u fsheh pas kthesës së rrugës që të shpie për në varreza, nënshtetasit e qytetit tonë iu rikthyen edhe njëherë bisedave të gjata, thashethemeve nga më të pabesueshmet, për të vdekurit dhe për të gjallët e qytetit tonë.

Kortezhi i dytë: Riva H.

Riva H. dukej se kishte qarë. Mori krijesën e vet të vogël, të mbështjellë me batanije dhe mbulesë të qëndisur. U nda pa folur me mjekun fytyrë mug. Rruga ishte bosh, e pluhurt.

Ajo, nëna; ai, i biri. Hija, vrug në mes, i shoqëronte gjithë kohën. Në dritën e diellit të ftohtë, që po fshihej pas reve, guxoi të shihte fytyrën e foshnjës së vet. Ai i qetë, i zbehtë, me sy të mbyllur, flinte. Ajo e lodhur, e trishtuar, ecte. Hija e zezë, ngjitëse, veshtullore, torturuese nuk u ndahej.

Në autobus njerëzit iu larguan. I liruan një vend. Afër një plake, që, llaka-llaka, filloi ta pyeste:

- Çfarë e ke, djalë apo vajzë?
- Djalë, djalë...!
- E paç me jetë të gjatë! Ta ruajt zoti!
- Faleminderit!
- Ta shoh njëherë shpirtin e gjyshes?
- Nëno! Biletat! - ndërhyri konduktori.
- Ah, po, po.

Plaka gërmoi në një portofol gjysmë të kalbur, të zi, të gjente biletën e trëndafiltë. Autobusi ndaloi. Plaka u ngrit.

- Më duhet të zbres, - tha. - Udhë të mbarë!

Riva H. heshti. Hodhi sytë përreth. Të gjithë po e shihnin. Sikur nuk kishin parë kurrë një nënë me fëmijë të v...ogël!? Ndoshta po shihnin hijen e vrugtë, veshtullore, ngjitëse. Në stacionin tjetër, Riva H. zbriti. E ndjeu veten më të lehtësuar. Shtrëngoi në kraharor krijesën e vet, të mbështjellë me batanije dhe mbulesë të qëndisur.

Në stacionin e trenit mori një biletë për vagonin e rezervuar: "Nëna me fëmijë". Pas pak, në stacion hyri treni i veriut, i trishtë, bojëhiri, sikur nisej nga mjegullat dhe përfundonte askund. Riva H. u vrenjt. Sirena e trenit piskati rrëqethshëm. Një grua afër saj u tremb nga sirena dhe mallkoi. Edhe ajo mbante një fëmijë në duar. Një fëmijë, që u zgjua nga sirena e trenit.

- Fëmija yt paska gjumë të rëndë! - u drejtua me intimitet nga Riva H., që shtrëngonte në kraharor krijesën e vogël, të mbështjellë me batanije dhe mbulesë të qëndisur. Riva H. nuk e pëlqeu atë farë afrie të gruas. E pa njëherë në fytyrë dhe vërejti se cepi i majtë i buzës së sipërme varej shumë poshtë: "Paralizë dextra faciale", mendoi Riva H. Ishte infermiere dhe e kishte dëgjuar sa herë këtë diagnozë.

Nisi të binte shi. Miliarda zinxhirë të hollë uji vareshin përtueshëm nga retë e ulura për të squllur njerëzit, që dukeshin si të plumbtë në atë stacion të pikëlluar.

Paratë e mbetura pas blerjes së biletës qenë pak,

tepër pak. As sa për të blerë dy byrekë në kioskën përkarshi, ku shërbente një burrë i tultë dhe i lyrtë.

- Hajde byrekë! – thërriste ai.

Askush nuk lëvizte. Nuk hahen byrekët në shi. Gruaja me paralizë faciale u afrua përsëri:

- Për ku udhëton?
- Për në shtëpi.
- Ku e ke shtëpinë?
- Në qytetin...

Kur të gjithë udhëtarët ardharakë zbritën nga treni, hipën të gjithë ikësit. Në vendin ku u ul, Riva H. fillimisht qe vetëm. Në ndenjësen përballë vuri krijesën e vet të mbështjellë me batanije dhe me mbulesë të qëndisur. Shpiu duart, krahët e lodhur. Iu lut zotit të mos i vinte njeri tjetër në atë vend, por... s'qe e thënë! Gruaja me paralizë faciale ia dha te dera:

- Të lirë e ke vendin?
- Si t'ju them... në fakt desha të rri vetëm.
- Oh, po rruga kalohet më mirë në shoqëri!

Riva H. e mori rishtaz foshnjën e vet. Mbështeti kokën pas xhamit, duke i dhënë të kuptojë se nuk i pëlqente të bisedonte. Treni u shkëput rrëmbyeshëm. Koka e fëmijës, mbështjellë me batanije dhe mbulesë të qëndisur, u përplas në tavolinën mes dy ndenjëseve. Riva H. rregulloi me një qetësi tragjike mbulesën e qëndisur, që rrëshqiti.

- O Zot, sa shumë u godit!
- Ka gjumë të rëndë.

Hija e vrugët, ngjitëse, veshtullore, torturuese, rrinte

pezull mbi kokat e tyre. Riva H. hodhi përsëri shikimin jashtë. Shiu nuk pushonte, fusha të kalbura në shi, njerëz të squllur, pemë të zeza, sorra të zhurmshme, shtylla të shtrembëta, mullarë të shembur, pellgje të ndyra, shtëpia si kuti, kuti të zeza si arkivole, arkivole të vogla, një fushë e tërë e mbushur me arkivole të vogla, të zinj, fëmijë të vdekur që hynin nëpër arkivole, arkivole që hynin vetë nëpër varre, varre që udhëtonin me tren, vdekje që zhvendoseshin në hapësirë, hapësira të bëra lëmsh me kohën, vdekje që kanë ndodhur nesër e do të varrosen dje, treni rraset i tëri në tunel, errësirë, dritat shuar, sigurisht, varrlëvizës nëpër nëntokë, një arkivol i vogël, i bardhë i afrohet dritares, vetëhapet kapaku, hapësira e zbrazur brenda tij fton:

— Jo! - klithi Riva H.

Vuri duart në xhamin e ftohtë, si për të shtyrë vegimin e vet. Ndërkaq fëmija i mbështjellë me batanije dhe mbulesë të qëndisur rrëshqiti dhe ra në këmbët e gruas me paralizë faciale. Riva H. u përmend rrufeshëm dhe kapi foshnjën. "Ka gjumë tepër të rëndë", tha me një qetësi të gremisur. Gruaja me paralizë faciale zgurdulloi sytë. Nuk foli më. Në stacionin e parë, Riva H. zbriti bashkë me foshnjën. Kaloi qetësisht platformën e ngushtë prej betoni, u rras në peizazhin e llurbët, ashtu e pambrojtur as prej shiut, as prej shikimit të udhëtarëve. Duke u lëkundur, si pikëçuditëse tmerri, u tret në mjegull, në shi, bashkë me foshnjën e mbështjellë me batanije dhe mbulesë të qëndisur, foshnjën që kishte gjumë tepër të rëndë...!

Kortezhi i tretë: I vdekuri me uniformë.
Tufën me telegrame e gjeta në kutinë e postës. Ato telegrame nuk më drejtoheshin mua, madje as ndonjë banori të qytetit tonë. I drejtoheshin Ministrisë së Punëve të Jashtme. Pasi kurrë më parë nuk kisha pasur nëpër duar dokumente të një zyre aq të lartë të shtetit, kërshëria më detyroi jo veç t'i hapja, por pothuajse t'i përpija me sy:

Nr.Prot. 134/a
Nga: Ambasada në ....
Për: MPJ-në, Drejtorisë nr.3, kryeqytet
Telegram urgjent (tri vija të kuqe poshtë fjalës urgjent)
Ju njoftojmë se i vdekuri vjen shpejt. Do të fluturojë me avionin e shoqërisë ajrore "Pelikan Airlines". I vdekuri është me uniformë. Merrni masa për ta pritur. Të lajmërohet familja. Stop.

Nr.Prot 431/a
Nga: MPJ, Drejtoria nr.3
Për: Ambasadën në...
Urgjent (sigurisht tri vija të kuqe)
Në përgjigje tuajën, datë dje. Cilën familje të lajmërojmë? Ka shumë familje, që i kanë të afërmit nën uniformë. Stop. Pak më preciz. Stop.

Nr. Prot 135/b
Nga: Ambasada në...
Për: MPJ-në, Drejtorisë nr.4.
Urgjent (tri vija të kuqe)
I vdekuri vjen shpejt. Ju përsërisim: është oficer me uniformë!
Familja e Brendshme. Stop. Duhet lajmëruar! Stop.

Gjuha e gjymtuar, si përçartje e telegrameve, pas një formalizmi bythçarës në hyrje të tyre, ma solli kryet vërdallë. Zot i madh, thashë me vete, si mund të fluturojë një oficer i vdekur? Ku ka vdekur ai oficer? Në çfarë beteje ka rënë? Ushtarët ku i ka? Ku i ka lënë? Me fitore kthehet, apo me humbje? Me turp apo me lavdi? Sa plagë i kanë shkaktuar vdekjen dhe sa vdekje ka shkaktuar? Sa dekorata mbart në kraharor? Luftën nuk e imagjinoj dot ndryshe veç si etje për të vrarë sa më shumë, si etje për të përfituar sa më shumë dekorata. Në fund të fundit për t'u dekoruar me një plumb në dërrasë të kraharorit, me një plumb në shteg të ballit, si skeleti i babait të studentit! Pas vdekjes fillon beteja tjetër, beteja për të gjetur një varr! Ja oficeri ynë i telegrameve, edhe pas vdekjes fluturon me avion, në kërkim të një cope varri! Atje ku ka vdekur nuk e ka pranuar toka, e ka zbuar, ia ka bërë peshqesh qiellit! Po pse tek e fundit nuk arratiset nga avioni drejt amshimit? Kurrë më afër nuk e ka pasur qiellin, përjetësinë. Apo ka frikë se nga krimet e bëra do ta gjuajnë në fund të fundit të ferrit të tokës? Oficer i mallkuar! Oficer me uniformë!

Po të mos e kishte pasur atë uniformë, nuk do të kishte qenë oficer, madje as që do të kishte vdekur. Po edhe sikur të kishte vdekur, do të varrosej si njeri e nuk do të endej qiejve si lugat! Ky lloj zemërimi i beftë me uniformën dhe oficerin e vdekur më pengoi për pak kohe të shihja se kush m'i kishte dërguar ato telegrame dhe pse. Kur ia pashë emrin, m'u kujtua edhe portreti i tij.

Qe një plakush, i imët dhe i thatë, i cili, që kur e kam njohur, më është dukur njëqind vjeç. E kam njohur para njëzetë e pesë vjetësh. Administrata e re e pasluftës së fundit kishte bërë revolucionin më të çuditshëm në rekrutimin e punonjësve të zyrave publike. Me plakun e telegrameve shteti qe treguar zemërgjerë. E kishte mbajtur në punë deri në pension. Thuhej se e kishin kompromentuar, se kishte spiunuar për ta, se kishte hedhur në prita diversantë e kaçakë malesh, gjë që zor se mund të besohet, pasi puna e tij në MPJ kishte qenë thjesht për të përkthyer. E vetmja gjuhë e huaj që dinin kolegët e tij qe t'u vërshëllenin bagëtive e të trembnin ujqërit. Mbajtjen e tij në punë e kishin arsyetuar me faktin se dikush duhej t'i fliste gjuhët e armiqve të egër e të panumërt, e nepërkave që villnin vrer kundër fitoreve tona.

- Hë, gjarpër, - i drejtoheshin, - çfarë thonë ata miqtë e tu të botës andej? A po u pëlcet zemra nga inati që revolucioni po fiton në të gjithë globin?

- U ka hyrë frika në palcë! - pranonte plaku kokulur.

- Do t'i shkatërrojmë, t'i bëjmë shkrumb e hi!

- Ashtu është! Edhe ata e dinë fundin e tyre! - thoshte plaku, duke këqyrur punën e vet.

"Vite më parë", tregonte plaku, "habitesha me ta. Në të gjitha fjalitë që thoshin, e pamundur të mos e gjeje fjalën shkatërrim. Bie fjala: të shkatërrojmë zakonet prapanike! Të shkatërrojmë fenë dhe institucionet e saj! T'i shkatërrojmë normat e moralit të vjetër. T'i shkatërrojmë armiqtë e klasës! Të shkatërrojmë kapitalizmin dhe borgjezinë ndërkombëtare. Të shkatërrojmë rrethimin borgjezo-revizionist! Të shkatërrojmë që në embrion shfaqjet e huaja! Për ndërtim nuk flasin kurrë, veç kur vjen puna për sistemin socialist, që, sipas tyre, nuk mund të ndërtohet pa shkatërruar gjithçka që ka ekzistuar më parë. Janë aq absurdë, sa i besojnë të gjitha këto. Gati të vjen gjynah për ta! Janë shumë fatkeq!".

Sikur këso lloj fjalësh të m'i kishte thënë vetëm mua, ndoshta do ta kishte shmangur atë shëtitje shtatëvjeçare nëpër kampet e riedukimi të shtetit. Nejse, ato shtatë vjet vërtet i vlejtën, se qysh atëherë nuk e ka hapur më birën e gojës. Tek unë ka pasur gjithmonë besim, kjo shpjegon edhe faktin që m'i ka dërguar këto telegrame sekrete. Atij, në fakt, i ka mbetur shumë pak gjë për t'u frikësuar, se, ndërkohë që po mendoj për të, mund t'i ketë thënë lamtumirë kësaj jete të re, duke u shndërruar në një të vdekur krejt të parëndësishëm, në një të vdekur që nuk fluturon me avion, si oficeri i telegrameve që shkëmbente Ministria e Jashtme me ambasadën e vet

në një vend të huaj.
Vazhdova leximin:

Nr.Prot. 136/c
Nga: Ambasada në...
Për MPJ, Drejtorisë nr.3
Urgjent (tri vija të kuqe-shifër)
..345...980...332...443...673...127...7908...325
897....7684... 96...453..36548...040621.
45980...3960...752...445...126...1769...2...532.
(Sekret, tepër sekret.) Deshifro
Oficeri është nga tanët. Dërguar për të ndihmuar luftën çlirimtare të proletariatit afrikan. Është vrarë me armë në dorë në emër të idealeve të larta të revolucionit. Quhet V.C. I biri i M. dhe Sh. Lajmëroni familjen. Stop.

Nr.Prot.631/c
Nga: MPJ, Drejtoria nr.3
Për: Ambasadën në...
Urgjente (tri vija të kuqe)
Në përgjigje tuajën. Të djeshmit. Qartë. Na tregoni ditën dhe orën e saktë. Jemi në pritje. Kujdeset vetë i ati. Shoku (M) inistër. Stop.

Nr. Prot. 137/d
Nga: Ambasada në...
Për: MPJ, Drejtorisë nr.3
Urgjente (tri vija të kuqe)
Vjen nesër. I vdekuri vjen nesër. Ekzaktësisht në orën 13.

Stop.

Po më vinte për të qeshur me sigurinë e përpiluesit të telegramit. I vdekuri vjen nesër? Po dje ku ka qenë? Po sikur të vdekurit t'i teket të mos vijë fiks në orën trembëdhjetë? Të vijë në orën trembëdhjetë e gjysmë? Mund të mos vijë fare! Ah, po! Harrova që i vdekuri është oficer me uniformë. Disiplina ushtarake nuk i fal as të vdekurit. Si i tillë, do të vijë nesër, qoftë edhe i gjallë! Si mund të shprehet ndryshe njeriu në një rast të tillë? Po të ishte i gjallë, do të më duhej të thosha, qoftë edhe i vdekur, do vijë! Po ai i vdekur është! Punë muti!

Nr.Prot. 138/h
Nga: Ambasada në...
Për: MPJ, Drejtorisë nr.3
Tepër urgjente (tri vija të kuqe)
Anulohet. I vdekuri nuk vjen sot. E zbritën nga avioni. Bëmë ç'është e mundur, por pa sukses. Stop.

Nr.Prot.831/h
Nga: MPJ, Drejtoria nr.3
Për: Ambasadën në...
Urgjente (tri vija të kuqe)
Ishin lajmëruar të afërmit për varrimin në orën 18. Ky është skandal. Pse e zbritën? Stop.

Nr.Prot. 139/k

Nga: Ambasada në…
Për: MPJ, Drejtorisë nr.3
Tepër urgjente (tri vija të kuqe)
Shoqëria ajrore "Pelican Airlines" falimentoi. I vdekuri mbante erë të rëndë kufome. Ja pse e zbritën. Gazetat e sotme shkruajnë. Disa tituj: "Pelican does not fly anymore". "Our sky runs off the angels". Në këtë shkrim thuhet: Engjëjt morën vesh se një i vdekur me uniformë do të fluturonte dhe morën arratinë të tmerruar. Konferencë shtypi e drejtorit të aeroportit: "Dead men will never be permited to fly". Kufoma gjendet në ambasadë. Ambasada kutërbon nga era e të vdekurit. Do ta varrosim nesër. Stop.

Nr.Prot.931/k
Nga: MPJ, Drejtoria nr.3
Për: Ambasadën në…
Urgjente (tri vija të kuqe)
Në asnjë mënyrë. Sonte niset makina dhe mbërrin nesër. Përpiquni të normalizoni gjendjen. Dërguam notë verbale në Ministrinë e Jashtme atje. Merreni me qetësi. Stop.

* * *

Kaq qenë telegramet që më kishte dërguar plaku, të mbështjella në një portofol të vjetër lëkure me një shënim lakonik: "Nëse të hyjnë në punë". Nuk e di se çfarë pune mund të më bëjnë mua këto telegrame, ato janë shkresa arkivi, unë nuk po shkruaj letërsi dokumentare; ajo që po mundohem të shkruaj është një roman për qytetin tim. Vepër e pastër letrare, fantazi, imagjinatë, me pak, shumë pak lidhje me realitetin e qytetit.

Ai oficer nuk është nga qyteti ynë. Ministria e Jashtme është diku larg në kryeqytet. Le ta shkruajë dikush tjetër një roman për kryeqytetin. Ka boll shkrimtarë atje. Ata nuk shkruajnë për qytetin tim. Pse duhet të shkruaj unë për qytetin e tyre, qoftë ai edhe kryeqytet? E vetmja gjë që më bëri përshtypje në ato telegrame, qe fakti se i vdekuri me uniformë kishte ardhur në kryeqytet pothuajse në të njëjtën kohë që varret e qytetit tim morën arratinë. A thua të kishte ndonjë farë lidhje? Ku u dihet të vdekurve! Skeleti i shoqëruar nga kortezhi i studentëve kishte ardhur i pari, si një paralajmërim i padobishëm se në qytet do të vinte edhe një foshnje e vdekur diku larg. Riva H. e kishte sjellë foshnjën e saj mbështjellë me batanije dhe mbulesë të qëndisur bash në atë kohë. Kështu varret e reja të qytetit inauguroheshin me një të vdekur të vjetër e të pavarrosur dhe me një fëmijë të sapolindur e të vdekur. Oficerin sigurisht që duhet ta kenë varrosur në kryeqytet, nëse ndonjëherë kanë arritur ta marrin atje ku kishte vdekur. Telegramet ndërpriteshin bash në momentin kur do të nisej makina për ta marrë. A e kishte marrë...? Dreqi e merr vesh! Qeshë mirë e bukur duke shkruar në romanin tim, kur m'u shpifën telegramet mbi oficerin e vdekur! Edhe atë kisha mangët! Nuk shkruhet kështu as një hartim mbi heronjtë e luftës së fundit për nxënësit e klasës së pestë fillore, jo më një roman!

Duhet t'ia nis edhe njëherë nga e para, të riportretizoj personazhet kryesore: farmacistin miop, Hafizen e çmendur, poetin më të madh dhe poetin B.M, shokun S.S., Arlinda C., si dhe të tjerët. Të ndërtoj një skemë të jetës, veprimtarisë, vdekjes apo fundit të tyre. Nëse ka në qytetin tim personazhe të partishëm, pse të mos i përfshij edhe ata? Për më tepër i bëhet qejfi edhe shokut S.S. Shënimet e mia janë bërë rrëmujë, janë bërë lesh arapi. Qenka punë e poshtër puna e shkrimtarit! Nuk është kollaj, ashtu siç duket kur lexojmë librat e tyre. Duhen mbajtur mend datat, koha e zhvillimit të një ngjarjeje, sepse mund të ndodhë që një personazh, i cili ka vdekur që në faqet e para të romanit, të ringjallet nga fundi i tij! Ose, edhe ashtu i gjallë, ai mund të jetë i vdekur, i pafuqishëm të mbajë mbi kurriz ngjarjet e romanit. Dobësi të tilla kapen lehtësisht nga kritikët kopukë dhe nga lexuesit kelyshë kurve, që lexojnë jo për qejfin e tyre, por për të shkruar letra anonime kundër shkrimtarit. Kur libri të shtypet në dhjetë mijë, njëqind mijë kopje, ai lapsus, ai gabim trashanik shumëfishohet dhe barra i bie mbi kurriz autorit, shkrimtarit. Po të më kishin lënë të qetë në punën time, do kisha shkruar një roman të zhdërvjellët, me ngjarje lineare, me personazhe të pastra, një roman pa gabime, një roman që kritika nuk do të kishte guxuar ta përgojonte. Po çfarë, ku të lënë nënshtetasit e qytetit tim të shkruash! Ky qytet nuk meriton të shkruhet për të. Po çfarë qyteti është ky? Qytet që nuk figuron në asnjë hartë civile, qoftë ajo meteorologjike, gjeologjike, fizike, politiko-ekonomike. Figurojmë vetëm në një hartë ushtarake austro-hungareze të luftës së parafundit dhe në një hartë tjetër të florës dhe faunës së vendit, në legjendën e së cilës shkruhej: "Rajoni me ngjyrë gri, vend ku rriten thi dhe dhi të egra.". Një mësues i vjetër letërsie qe përpjekur njëherë të bënte një hartë të vendeve ku gjendeshin akoma rrënojat e ciklit të kreshnikëve, mbeturina të eposit legjendar. "Qyteti ynë është kryeqyteti i tyre", kishte thënë mësuesi i letërsisë dhe nuk e kishte bërë kurrë hartën. Faqja e zezë! Ky qytet nuk meriton të shkruhet për të asnjë fejton, le më një roman! Kurrë mos u shkroftë! Iu harroftë emri këtij qyteti!

I zhytur në trishtim, fillova të pi konjak nga ai që e bëj vetë. Vërtet, si kisha guxuar të ëndërroja të shkruaja një roman për qytetin tim? Më erdhi të qesh me veten, pastaj për të qarë. Në atë çast, në dhomë hyri ime shoqe. M'u afrua me një butësi të parefuzueshme. Mbi supe i ndjeva duart e saj të vogla e të stërmunduara nga njëqind mijë punë të vogla, prej të cilave nxirrnim jetesën. Ndjeva se s'kisha qenë kurrë i zoti t'i respektoja aq sa duhej ato dy duar. Një gulsh lotësh m'u mblodhën në grykë. U përpoqa të përmbahesha, të mos qaja para saj! Pak sekonda më vonë, një stoicizëm i tillë m'u duk i panevojshëm, madje i lig dhe... qava! Lotët më rridhnin brenda kraharorit. E ndjeja përvëlimin e tyre shumë më tepër sesa atë të alkoolit 45-gradësh të konjakut. M'u ul në prehër, mori gotën time dhe ngriti një hurb. Pas pak edhe një tjetër. Më erdhi mirë që s'po fliste! Që s'po më pyeste asgjë. Dikur ndezi edhe një cigare. Kurrë më parë s'e kisha parë të pinte duhan. Ndërkohë kishte ndërruar vend, qe ulur në një arkë të madhe druri, përballë meje. Vura re se edhe asaj i kishin rrjedhur dy lot, që i qenë ndalur në buzën e sipërme, si dy pika vese që kurthohen në pushin e petaleve.

Atë çast po mendoja se sa kotësi e madhe kishte qenë gjithë ajo kohë që kisha harxhuar me romanin për qytetin. Nuk ia vlente në mënyrë kategorike të lija pas krahëve intimitetin dhe brishtësinë e jetës sime, të hyja në rrugën pa krye të shkrimit.

- Do ta lë romanin, nuk do të shkruaj më asnjë rresht! - i thashë.

Nuk munda të vërej se çfarë efekti patën fjalët e mia tek ajo. Dëgjova veç një ofshamë dhe pashë se si i rrahu shpejt e shpejt kapakët e syve, prej të cilëve rrodhën si margaritarë dhjetëra pikëza të tjera lotësh. U ngrit, ma mori kokën në kraharor, m'u përkul pranë veshit dhe tha:

- Tani është shumë vonë, i dashur, shumë vonë!

Lotët dhe zëri i saj ma zhuritën majën e veshit. Ndjeva se mezi po merrja frymë nga shtrëngimi në gjoksin e saj. Aroma e gjinjve më përndezi më keq.

- E pse qenka vonë...? - munda të pyes.
- Sepse nuk është akoma romani i qytetit, është romani yt, romani ynë. Akoma nuk e kemi lindur, veç sa ka filluar të marrë formë, të marrë jetë nga

jeta jote, nga jeta jonë... s'mund të jetojmë dot pa atë roman!

U tërhoq pak dhe po më shihte drejt e në sy! Nuk po më pëlqente ky lloj shpirtëzimi i romanit. Fliste për romanin si për një fëmijë, mungesën e të cilit e ndjenim të dy. Pata një ndjenjë fajësie. Shpesh kisha përsëritur me shaka një perifrazim të Niçes: "Njeriu ose duhet të shkruajë libra ose të bëjë fëmijë". M'u duk se nuk qesh i zoti as për njërën, as për tjetrën. Të paktën deri në ato çaste s'kisha bërë asnjërën. Ngrohtësia që po më dhuronte prania e urtë e gruas, më zgjoi befas dëshirën për të bërë një fëmijë. M'u duk shumë më e lehtë, më komode. Bërja e fëmijëve ishte rutinë, gjithkush në qytet dinte të bënte fëmijë, qe një traditë e lashtë, e trashëguar brez pas brezi. Shkrimi i librave qe një zeje e mallkuar, pa kurrfarë tradite. Poeti më i madh dhe poeti B.M. kishin botuar nga një libër me vjersha, por ajo s'qe kurrfarë përvoje për mua, as për qytetin. Mes dy poetëve kishte plasur sherri; përkrahësit e tyre gati sa nuk rriheshin me grushte. Kjo kishte qenë njëra prej arsyeve që vendosa të shkruaja në një gjini të re, të shkruaj roman, jo thjesht për të qenë origjinal, por për të krijuar një palë të tretë, neutrale, përkrahësish.

Nejse! Gjithë këto plane kishin shkuar kot. Tashmë kisha vendosur ta ndërprisja eksperimentin. Qyteti ynë do mbetej pa roman. Do jetonte pa të, ashtu siç kishte jetuar qysh në kohët e supës parabiologjike. Qyteti ynë e meritonte të mbetej pa roman, qe një si punë ndëshkimi i merituar! Le të mbetej ashtu, qytet i vogël, jashtë hartave, qytet pa roman! Kjo formë hakmarrjeje po ma ngrohte zemrën. Për qytetin as që më bëhej vonë. Halli im i vetëm qe ime shoqe. Para saj ndihesha i çarmatosur. Kërkonte nga unë ose një libër, ose një fëmijë! Në fakt, kjo qe dilema ime e brendshme, që, e përzier edhe me pasigurinë nëse ia vlente apo jo të shkruhej ai roman, po ma shndërronte jetën në një ferr të vërtetë. Nuk më dukej gjë më e bukur sesa të kisha mundësi t'i kthehesha edhe njëherë jetës sime pararomaneske.

- Bëhu gati! - i thashë sime shoqeje. - Do dalim të hamë darkë në restorant!

U vesh shpejt. Unë qeshë gati i pirë. Më mbante për krahu, jo se kisha humbur ekuilibrin, por se ashtu qe zakoni. Shkuam në të vetmin lokal, ku u shërbehej vetëm çifteve. Zumë një tavolinë, ndezëm qiriun gjysmë të djegur nga klientët para nesh e ia krisëm bisedës. Ia nisëm qysh herët, para se të njiheshim, ripërshkruam hapat e druajtur të fillimit, kohën e artë dhe aventurat e dashurisë së fshehtë, pastaj ëmbëlsinë dhe komfortin e fejesës. Të dy iu kaluam anash me mjaft elegancë çasteve që nuk donim t'i sillnim ndërmend atë natë, edhe pse jo rrallë ato kishin qenë të përziera brutalisht me ngjarjet e ëmbla. Në shpirt na notonte një lëngështi e roztë, që u dha fytyrave tona përndezjen e hershme, prej kohësh të paprovuar, të ndjenjës.

I kapnim duart e njëri-tjetrit ledhatueshëm,

pavetëdijshëm dhe kur befas e zumë veten në atë pozitë, qeshëm si fëmijë. Vonë nga mesnata, një kamerier i sjellshëm na u lut të ngriheshim. Restoranti po mbyllej. Paguam dhe dolëm. I hodha dorën në qafë gruas, e pazakonshme për një çift serioz, siç qemë ne, dhe u nisëm drejt apartamentit tonë. Atë pjesë të natës që kishte mbetur, merret me mend se si e kaluam. Të nesërmen më duhej të merrja njërin prej vendimeve më të rëndësishme të jetës sime.

Fletorja me tekstin më të gjatë

Kur u zgjova, mbi tavolinën e punës gjeta rreth pesëmbëdhjetë faqe format me shkrim dore, me një kaligrafi të kujdesshme dhe të pastër. Sipër tyre, një shënim me shkrimin e gruas: "Vetëm pasi t'i lexosh këto faqe vendos për romanin!".

Dita qe me shi, e nylltë. Do kisha dashur më tepër të zhytesha brenda vetes, por, gjithmonë, njeriu tërhiqet nga gjërat e lehta, të sipërfaqshme. "Pasi t'i lexoj këto faqe do të vendos për romanin", përvetësova këshillën e gruas.

Ftesë për në varr

Nuk do ju mërzisja me histori për babanë tim. Ka vite që ka vdekur dhe jo vetëm që më është larguar dhimbja për të, por realisht gati asnjëherë s'më është dhimbsur. Asnjëherë në jetën time nuk më ka pëlqyer që dikush të më tregojë historitë e paraardhësve të tij. Ndjehem ngushtë para njerëzve të tillë. Më duken si arkeologë, më keq, si egjiptologë, që luajnë me mumie. Thashë se im atë ka vdekur shumë vite më parë dhe po shtoj se nuk kam pasur ndonjë farë respekti për të. Ka qenë shumë pijedashës dhe, kur vinte i bërë xurxull, e mërziste shumë nënën. Mua më fuste shqelma vend e pa vend, kohë e pa kohë. Në aso rastesh, sinqerisht po ju them, i jam lutur zotit që t'ia merrte shpirtin kurroshit. Lutjet e mia u dëgjuan dhe ai vdiq. Një vit pas tij vdiq edhe nëna. Siç duket nuk jetonte dot pa rrahjet e të shoqit. Ka turli lloj njerëzish kjo botë. Vinte nëna pasdite nga puna, futej në dhomën bosh të të shoqit, merrte rrobat e tij e i rraste në hundë. Edhe pse të lara e të papërdorura prej kohësh, siç duket mbanin akoma erën e rakisë së kumbullës ose dëllinjës që pinte im atë ose edhe atë të vajit të armëve, erë që u kishte mbetur që nga koha kur i ndjeri kishte qenë oficer në repartin N., siç shkruhej atëherë nëpër gazeta.

Nejse, vdiq edhe nëna. Qysh atëherë kam mbetur fill i vetëm në shtëpi. Harrohem prej botës. Në këtë qytet pak kush e di që jetoj. Puna ime lidhet me pyllin dhe në pyll ka shumë pak vizitorë dykëmbësh. Ngrihem herët në mëngjes dhe kthehem shumë vonë në darkë. Ditëve të pushimit, përgjithësisht rri brenda. Disa shokë të mi të hershëm janë larguar veprave të pesëvjeçarëve, disa të tjerë kanë shkuar nëpër shkolla të larta dhe nuk janë kthyer më në qytet. Im atë ishte i ardhur, jabanxhi. Në këtë qytet s'kemi të afërm gjaku.

Kurrë nuk do të isha ulur për t'i shkruar këto gjëra, ndoshta as varrin nuk do të ma dinte njeri, sikur befas një ditë të mos shihja poshtë derës një zarf të bardhë. Pa e prekur me dorë, thashë me vete se dikush duhej ta kishte hedhur gabim, pasi nuk kishte kush të më dërgonte letra. E mora me kujdes në dorë, e ktheva në anën tjetër dhe pashë të shkruara këto fjalë: "Yt atë, nga nëndheu".

Kush po tallej me mua në atë mënyrë? Kush qe aq i lig sa të ma lëndonte plagën e vdekjes së babait pas kaq vitesh? A kisha armiq? Po im atë? Ngula sytë mbi një vulë postare për të parë se nga më vinte. Nuk arrita të shquaja gjë, vetëm datën, më saktë vitin. Sipas asaj vule, letra qe nisur para pesë vjetësh. Fillimisht thashë me vete se në atë kohë im atë mund të kishte qenë gjallë dhe atë letër e kishte nisur nga ndonjë qytet tjetër. Idiot, i thashë vetes. A nuk e sheh se ajo letër të është nisur nga nëndheu? Më vonë bëra edhe llogarinë e viteve që ndanin vdekjen e babait nga nisja e letrës dhe ato nuk përputheshin. Kam harruar t'ju them në fillim se im atë ka qenë pak çapraz nga trutë e kokës. Për këtë kam si dëshmi një raport të veçantë të komisionit mjeko-ligjor dhe një elektroencefalogramë.

Çfarë kishte ndodhur? A mos ndoshta im atë nuk kishte vdekur? Apo mos ishte ringjallur si Krishti?

Nuk guxoja ta hapja letrën. Nuk mund ta përfytyroja se çfarë mund të ishte shkruar në të. Informacion nga jeta e përtejme? Ndonjë porosi apo këshillë, që tim eti i kishte mbetur peng të ma thoshte sa kishte qenë gjallë? Ndoshta ndonjë testament? Po çfarë testamenti!? Çfarë do të më linte trashëgim im atë, shishet bosh të rakisë?

E kisha lënë letrën mbi tavolinën në korridor dhe kisha frikë edhe t'ia hidhja sytë. Pas pak dola. Filli i mendimeve më qe prerë, nuk e dija se për ku isha nisur. Eca një copë herë bukur të mirë. Në dyqanin ku shiste një grua, që ka për emër një grumbull tingujsh që të kujtojnë fjalën zinxhir, bleva dy litra raki nga ato që pinte im atë. Ajo i zgurdulloi sytë e vegjël të rrasur në tul dhe m'u duk se tha pas krahëve: "E pat edhe ky, filloi si i ati!".

Nuk jam absolutisht i sigurt nëse tha ashtu apo jo! Ndoshta edhe s'ka thënë. Me shishet e rakisë nën sqetull, saktësisht ashtu siç i mbante edhe im atë, u ktheva në shtëpi. Aty më priste letra e tmerrshme. Pa lëvizur vendit, aty ku e kisha lënë; zarfi i bardhë mbi sipërfaqen e zezë të tavolinës dukej si një vrimë katrore e pastër. Ajo letër vinte nga një tjetër botë. Unë, që supozoj se duhej të isha lexuesi, nuk mundesha ta lexoja duke qenë normal. Ndjeva se duhej të isha në një gjendje tjetër, të paktën në nebulozën e trurit duhej të shtohej një lëng, një substancë mbrojtëse. Nuk kisha fuqi të përballoja mesazhe jojetësore, qofshin ato nga nëndheu apo nga qielli, ashtu i papërgatitur.

Ky mendim më kishte çuar pavullnetshëm deri te

dyqani. Instinktivisht bleva ato dy shishe raki. Për herë të parë mendova se alkoolizmi është sëmundje e trashëgueshme dhe ngjitëse. Deri në atë çast nuk kisha futur në gojë kurrë asnjë pikë alkool. Alkooli dhe burgu qenë për mua fjalë sinonime. Arsyetoja se një tru i dehur manipulohej kollaj. Trembesha se mos flisja i pirë. Alkooli qe bërë shkak që ta urreja tim atë; duke urryer atë, kisha urryer edhe alkoolin. Qe një rreth vicioz! Por në çastin kur u gjenda vetëm për vetëm me letrën për herë të dytë, vendosa të pi. Jo të pija pak, të pija shumë, aq sa të merrja guximin për ta hapur. Njëherë më shkoi ndërmend ta lexoja para se të pija rakinë, le të merrja vesh mesazhin e saj e, nëse do të qe i papërballueshëm, do i pija të dyja shishet. Por jo, më këputeshin gjunjët kur i afrohesha letrës. "Të pi një herë!", thashë dhe fillova. Tani që po ju rrëfej jam pothuajse i dehur. Gota e parë e rakisë m'u duk sikur të kisha pirë benzinë. Madje njëherë shkova në banjë dhe lava gojën. Pasi kisha pirë një çerek shisheje, ndjeva se efekti i saj qe më i këndshëm sesa kisha parashikuar. Kur shishja e parë shkoi në gjysmë dhe unë prapë po rrija në këmbë - sigurisht pa guxuar t'i afrohesha letrës - mendova se struktura e neuroneve të trurit tim duhej të ishte e ngjashme me ato të tim eti. Si të tilla, ato kishin fuqi të madhe thithëse dhe duruese ndaj alkoolit. Bëmë babë të të ngjaj, thotë fjala e urtë. Dalëngadalë, dëshira për ta lexuar letrën po më kthehej në ankth! Ajo qe aty, pa lënë pikë dyshimi se qe letër e zakonshme, bie fjala nga ato që shkruajnë gjimnazistët kur bien në dashuri me shitëset e bukës, duke pritur në radhë për orë të tëra. Nganjëherë letra më ngjante si gjethe e ndonjë peme me fruta dheu, të vdekura prej kohësh. U ngrita. Iu afrova. Zgjata dorën! Më erdhi ndot ta prek. Qe një alarm i brendshëm, një neveri dhe frikë patologjike, që ndjej para objekteve të njerëzve të vdekur.

Në këtë pikë ndryshoja shumë nga nëna ime, e cila, siç thashë, i rraste në hundë rrobat me erë rakie dhe vaji armësh të të shoqit. Ajo frikë dhe neveri më qe shpifur kur për nja dy muaj studiova në shkollën e mesme të infermierëve. Ato studime m'u desh t'i ndërpres për të shkuar në shkollën pyjore, vetëm për shkak të kadavrave të zhveshura, kufomave skeletike, të cilat, dy të tretat e vetvetes i kishin dërguar në atë botë dhe përpiqeshin të dëshmonin me mbetjet e tyre se dikur kishin frymuar mbi dhe.

Atje kisha parë edhe magazinën e të vdekurve, morgun. Të vdekurit rrinin stivë, të palosur nëpër rafte të ftohta. Roja i morgut më ngjante me rojën e ferrit. Ndryshimi qëndronte se në morg, të vdekurve, sipas hierarkisë, u bënin shërbim të gjallët. Në bazë "të fajësisë" së të vdekurve, profesorët tanë i dënonin duke u shkulur herë një organ e herë një tjetër. Mjekët e morgut lexonin dosjet e tyre. Edhe të vdekurit kanë dosje, posi ore! Në ato dosje gjendeshin akuzat, që në gjuhën e morgut quheshin diagnoza. Nëse i vdekuri kishte vuajtur nga zemra, ne ia shkëpusnim zemrën dhe shikonim se ku kishte qenë defekti, cili mekanizëm nuk kishte punuar, kështu edhe me veshkat, mushkëritë, trurin dhe të gjitha organet e tjera. Disa prej të vdekurve, me diagnoza më të rënda, i merrnim dhe i vendosnim në tavolina betoni dhe ua bënim mishin, nervat dhe enët e gjakut fije-fije. Pas kësaj i hidhnim në disa lugje betoni, i mbulonim me formalinë dhe i linim aty derisa karbonizoheshin. A thua të ketë ndodhur kështu edhe me kufomën e babit tim? E pamundur! Unë mora pjesë vetë në varrimin e tij. Ishte një ditë me shi. Uji e mbushi gropën. Varrtarët e hoqën me mundim me ca legenë llamarine. Për pak sa nuk qesha kur m'u kujtua im atë që thoshte se "shumë më e bereqetshme ishte të binte raki sesa shi!".

Para sysh më erdhi arkivoli i rëndë me dru bungu, mbështjellë me beze të kuqe, se ashtu ishte zakoni. Më vonë pash një ëndërr sikur im atë hapi arkivolin, grisi bezen e kuqe dhe filloi të luftonte me demat e nëndheut. Sipër arkivolit të tij vendosëm pllaka betoni e mbi to hodhëm më shumë se një metër dhe të lagur. Varri i tim eti m'u duk një vendstrehim i sigurt për trupin e tij të vdekur. Nuk e di pse, po qysh në atë kohë kam ndjerë nevojën për t'u garantuar për sigurinë e eshtrave të tim eti. Ndoshta ngaqë pas luftës së fundit kishin ndodhur zhvarrime të lemerishme. Qindra ushtarë të huaj të vrarë apo të vdekur në tokën tonë, u zhvarrosën nga një prift ushtarak. Një shkrimtar i një qyteti të gurtë nga jugu i vendit, shkruajti një libër të famshëm për priftin gjeneral. Të njëjtin fat patën edhe të vrarët tanë; këta u mblodhën skërkash e grykash e u varrosën të gjithë nëpër vende të thata, nëpër kodrina të buta e të zbukuruara me pemë.

As aty nuk gjetën rehati. Shumë shpejt u hap fjala se gjysma e varreve qenë bosh ose në vend të eshtrave të të rënëve qenë vendosur eshtra të çfarëdoshme gjitarësh. Isha i vogël atëherë, por më kujtohet që flitej se fitimtarët e lavdishëm, për të treguar se sa gjak kishin derdhur për fitoren, kishin shtuar numrin e të rënëve dhe, kur erdhi puna për t'i rivarrosur, ranë në hall. Nuk mbaj mend se si e zgjidhën atë punë, veç di se një libër serial, që qe planifikuar të përfshinte të gjithë të rënët, nga një për kilometër katror, siç shkruhej në tekstet e historisë, u ndalua në volumin e pestë. U justifikuan se kishte ndodhur një gabim me ditëlindjen e një dëshmori, se qe shkarkuar redaksia dhe ajo e reja, e sapo emëruar, e kishte marrë seriozisht verifikimin e të gjithë të rënëve. Pas disa vjetësh u mor vesh se një i rënë, i përfshirë në volumin e tretë, nuk kishte luftuar për hir të çështjes sonë, por përkrah forcave të armikut! Me kaq u mbyll redaksia dhe seriali mbeti përgjysmë. Më i madhi i fituesve të luftës së fundit kishte dhënë urdhrin më makabër të dëgjuar ndonjëherë në historinë e shtetit: varrit të nënës së ish-mbretit t'i vihen minat! Me gjithë kujdesin që kishte treguar batalioni xhenier, i ngarkuar me atë mision, kishte bërë disa gabime. E natyrshme, në përvojën dhe literaturën e xhenios nuk gjendeshin kollaj të dhëna rreth minosjes së varreve. Si rrjedhojë, qytetarët që banonin në rrethinat e vendit, ku gjendej varri i nënës së mbretit, thoshin se mbi çatitë e tyre kishin gjetur fragmente kockash. Njëri kishte pretenduar se në oborr të shtëpisë kishte gjetur myhyrin, unazën e madhe të stolisur me xhevahire të saj.

Duke i ditur këto, si mund të isha i qetë se edhe varri i babait tim nuk qe dhunuar në ndonjë farë mënyre. Në kokë m'u shpif një imazh që s'më hiqej. Më dukej sikur po shihja ushtarë të fituesve të luftës së fundit, të veshur me pelerina të gjata shiu, që marshonin mes shiut dhe erës. Në krye të tyre qe një oficer, i cili, herë pas here, drejtonte gishtin drejt varrezave. Kur u gjendën brenda varrezës, ata shkuan drejt e te varri i tim eti. Qe varr i thjeshtë, kurriz dheu mbuluar me bar të egër! Në mes varrit të tij dhe varrit të nënës kishin mbirë disa ferra si tel me gjemba, si për t'ua vështirësuar të qenit bashkë edhe në vdekje. Kurrsesi nuk po mundja ta shqisja nga sytë atë pamje. Pak më vonë, lukunia e ushtarëve hapi varrin e babait dhe nxorën arkivolin mbi dhe. I çanë me sëpata dërrasat e tij të kalbura dhe, si ujqër të çartur, filluan të shprishnin mishin e kalbur. Nga fundi ia dhanë turrit në drejtim të pyllit me nga një copë asht në gojë. Shkova në banjë dhe futa kokën në një tenxhere me ujë të ftohtë. E mbajta aty deri sa gati nuk kopa! Shpresoja se duke e vënë trurin në gjendje të mungesës së oksigjenit, do t'i shkaktoja dhimbje aq sa ta braktiste atë imazh të padurueshëm, të prodhuar aq pabesisht. Vërtet ashtu ndodhi, por ai ushtrim m'i këputi gjunjët. Ashtu i këputur desha të dilja. S'mund të rrija më gjatë në dhomë. Po shqyhesha dy copash. Nga njëra anë më torturonte kërshëria për të zbuluar enigmën e asaj letre, nga ana tjetër një ndjenjë përgjegjësie, detyrimi për t'i dalë në mbrojtje varrit të tim eti më urdhëronte të nisesha drejt e në varreza. Fitoi kjo e dyta. Rrasa shishen e përgjysmuar të rakisë në xhep dhe dola. Rrugën për në varreza e dija përmendësh, edhe pse kisha shkuar veç dy herë në jetën time. Ditët e varrimit të prindërve të mi. Varrnaja e qytetit tonë është një copë djerrinë në pjesën lindore, poshtë lagjes së gabelëve. Selvitë, plepat, statujat, kryqet apo simbolet e myslimanëve nuk figurojnë në varrezat tona. Për to kemi lexuar veç nëpër libra. Të vdekurit tanë vdekojnë thjesht, ashtu siç edhe kanë jetuar, shumë thjesht, pa teprime e stoli. Roja i varreve (O Zot, gjithkund ka roje!) nuk më vuri re fare. Ndoshta s'qe aty. Para syve më dolën grumbujt e trishtuar të dheut, me ndonjë gurë apo copë dërrase te koka. Gurët dhe dërrasat rrezatonin zbehtë ftohtësinë e kotësisë së vet. Po hyja në varrezë në një orë kur për shpirtrat pëshpëriteshin shumë fjalë. Thuhej se bash në atë orë ngriheshin për t'u takuar e çmallur me njëri-tjetrin. Nuk u besoja legjendave të tilla. Drejt e te varri i tim eti. Ai varr më interesonte. Për të kisha shkuar atje.

Një pluhur i zbehtë hëne mbulonte varrnajën. Dhjetëra breza skeletesh, që dikur kishin frymuar nëpër rrugët dhe shtëpitë e qytetit, tani preheshin në atë skaj të harruar. M'u ndal fryma. Para meje po rrëshqiste një hije sa një bojë njeriu. M'u duk se vuante, pasi ecte e kërrusur. Thua të jenë të vërteta të gjitha ato që thuhen për shpirtrat?

- Mirëmbrëma, - më shpëtoi prej dhëmbëve dhe nuk e di se pse pata përshtypjen se hija do të më përgjigjej me mirësjellje.

- Mirëmbrëma, - m'u përgjigj hija dhe shkoi në punë të vet.

Pas asaj përgjigjeje e mora veten. Nuk po ndjeja më frikën e fillimit. Drejt varrit të tim eti. Nuk qe punë e lehtë ta gjeja. Shumë varre të reja qenë shtuar nga hera e fundit që kisha qenë për të varrosur nënën. Pluhuri i verdhë i hënës qe fshirë. Një re e kishte zënë! Terri i zi pus pushtoi varrezën. Prapë më hynë të dridhurat. U ndjeva plotësisht i rrethuar nga varret. Më saktë, po më dukej vetja si varr i rrethuar nga diçka e papërcaktuar, ankthndjellëse. Mendova se një natë e tillë nuk e meritonte ndriçimin e hënës.

U ula mbi një varr. Përreth heshtje tronditëse varrore. Një zhurmë…? Jo, qe zemra ime, që rrihte siç nuk e kishte zakon. Vura dorën në gji dhe i qeshë mirënjohës zemrës, që me rrahjet e saj më bëri me dije se akoma isha gjallë. Në gji, gishtat prekën edhe shishen gjysmë të pirë të rakisë. Qe e vakët. E ngrita njëherë. Ndjeva zjarrin e alkoolit, që po rrëshqiste nëpër zgurë. Kuptova se kisha pirë shumë. Kjo gjë më ngushëlloi. Pra akoma nuk isha dehur. Mund të pija prapë.

A ka gjë më normale, po pyesja veten, se sa të endesh natën nëpër varreza me një shishe raki të përgjysmuar? M'u kujtua historia e tre pijanecëve, që kur iu mbarua rakia shkuan në varreza për të qarë pranë varreve të baballarëve të tyre. Dy të parët, sapo i gjetën varret, qanë e u kënaqën. Rreth mëngjesit e gjetën shokun e tyre të trishtuar. Po e pyesnin se çfarë kishte, kur u qe afruar roja i varreve. "Nuk e gjeta dot varrin e tim eti!", iu ankua ai. Të tre edhe njëherë u vunë në kërkim. Dikur roja e pyeti se si e kishte pasur emrin i ati dhe i dehuri ia tregoi! Roja qeshi dhe i tha se atij akoma nuk i kishte vdekur babai.

"Tash sa u ndava me të në qytet! Hajde e kërkoje pas disa vjetësh!".

Të kënaqur, tre pijanecët u larguan nga varreza.

Unë s'shkova në varreza se më mori malli për tim atë, por se m'u krijua përshtypja se dikush e kishte dhunuar varrin e tij. Thjesht për ta verifikuar këtë fakt. Në një farë vendi mendova se e gjeta varrin e babës. Ndeza një fije shkrepëse dhe vura re që s'qe ai. Por s'qe larg. Kur shkova bash pranë tij, shtanga! Varri nuk qe më aty.

- Ma kanë vjedhur babën me gjithë varr! - bërtita, por as veshët e mi nuk e dëgjuan atë klithje. Çfarë tmerri! U ula në gjunjë. Vura shuplakat e duarve, mendja ime në tokë, por kurrkund tokë nuk preka.

Kush e ka vjedhur tokën? Kisha dëgjuar për një poet, që dikur kishte vjedhur një trastë me dhe në fshatin e tij dhe e kishte dërguar në Lidhjen e Shkrimtarëve, por s'mund ta besoja se dikush kishte vjedhur aq tokë në varreza! Përveç tokës kishte vjedhur edhe eshtrat e tim eti. Po çfarë i ka hyrë në punë dheu i varrit apo eshtrat? Apo thjesht e ka bërë sa për të më poshtëruar, sa për të më thënë që nuk ke vend në këtë qytet, as tokë për varr nuk të japim! Po i gëzohesha këtij niveli të kënaqshëm të arsyetimit, gjë që ma largoi pak tmerrin që po përjetoja. Në fund të fundit nuk qe bërë nami. Im atë i vdekur ishte! Fillin e mendimeve ma preu një hije e përçudnuar, e stërmadhe, me një masë katrore mbi shpinë. Ecte ngadalë, gjë që lejonte të mendoje se mbartte një peshë të rëndë.

Ndoshta ka varrin e tim eti, më vetëtoi nëpër tru. Hija po afrohej pa u turbulluar fare dhe, kur ishte pranë, vërejta se vërtet mbi supe mbante një varr!

E hodhi gjithë zhurmë. Dheu u shkërmoq. M'u duk se shquajta një copë arkivoli, një fragment kafke, pastaj gjithçka u mbulua nga pluhuri i zi i dheut dhe errësira e pustë e natës.

Kur u zgjova, gjuha më qe trashur, ndjeja një etje gërryese. Shishja e rakisë qe bosh, e përmbysur. Këqyra përreth. Kishte zbardhur. Gjendesha i shtrirë pranë varrit të tim eti, që vende-vende qe shembur nga shirat dhe koha. Halucinacionet e natës ia lashë rakisë dhe gjendjes sime jo fort të ekuilibruar nervore.

U ngrita në këmbë dhe fillova të shkundesha. Në dalje të varreve takova rojën. Ai më hodhi një shikim të rrastë e nuk iu ndenj pa pyetur:

- Nga varri je ngritur ore?! - m'u duk sikur e njihja atë zë prej treqind vjetësh. - Ç'kishim asaj bote?! - pyeti prapë.

E pashë edhe njëherë. Bash roje varresh! Një gërdallë tërë kënde e qoshe, si të qe i montuar në ndonjë zdrukthëtari fshati.

- Hiç, - iu përgjigja - po të prisnin!
- Po ti, kur do të kthehesh rishtas atje? - guxoi të më pyesë edhe njëherë.

Rrasa kokën mes shpatullave dhe shpejtova hapin. Ai qeshi pas shpinës sime, me një të qeshur ha-ha-ha-ha, që m'i griu eshtrat si me sharrë.

* * *

Fqinji im kishte një vajzë, nja shtatëmbëdhjetë vjeçe, që shkonte në gjimnaz. Ai nisej për në punë herët, shpesh takoheshim duke dalë, dhe kthehej shumë vonë e i dehur në darkë. Pasi bënte shurrën poshtë dritares sime, hynte në shtëpinë e vet dhe ia kriste ulërimave, thua se kishte rënë në prush. E bija zgjohej e tmerruar nga gjumi dhe fshihej ku të mundej nëpër rrangullat e shtëpisë, vetëm që i ati të mos e gjente.

- Kurvë! – i thërriste. - Përse nuk del të të shoh? Gjithë ditën shkon me gjithfarë pordhacësh, ndërsa nga unë ke frikë! Do të të gjej kudo që të jesh futur.

Herë e gjente e herë jo. Jo se i mungonte vullneti, por e zinte gjumi në ndonjë skutë. Kur e gjente... e mjera ajo, çfarë babai kishte!

***

A ju kam treguar se im atë ka qenë oficer? Po? Në rregull atëherë! Nja një vit pasi e liruan dhe e pajisën me raport dhe elektroencefalogramë, unë rashë në dashuri me kurvën më të njohur të qytetit. Kisha mbaruar vitin e katërt në shkollën e mesme pyjore dhe qeshë akoma i virgjër. Realisht shprehja "rashë në dashuri" nuk është fort e saktë, jo vetëm se unë as nuk bie e as ngrihem kollaj në prehrin e ndonjë ndjenje, aq më pak të dashurisë, por se marrëdhënia ime me atë qe shumë larg dashurisë. Ajo e thërriste veten "kurva e shtetit", si për t'i bërë karshillëk togfjalëshave të tjerë, si: "zyra e shtetit", "sigurimi i shtetit", "puna e shtetit" etj. Këta togfjalësha ishin në modë atëherë, pasi vërtet gjithçka ishte e shtetit. Pse të mos ishte edhe ajo "kurva e shtetit"?

Nejse, për lehtësi rrëfimi le të themi se, pasi rashë në dashuri me të dhe u zhvirgjërova me një marrëdhënie kafshërore, pas një stalle derrash në përrua, menjëherë desha të ndahesha prej saj. Ajo m'u ngjit si muti pas këpucës e s'munda ta shqisja deri sa marrëdhënia jonë ra erë. Pasi kafshëroheshim (e përdor këtë fjalë, sepse nuk dua të bëj asnjë lidhje mes dashurisë dhe asaj marrëdhënieje), ajo, pasi më hipte sipër, më pyeste se çfarë bëja pasditeve. Po paraditeve? Po im atë çfarë bënte ditën e natën? A i shkruanim kujt letra? A na vinin letra nga ndonjë qytet tjetër? Kë prisnim për vizitë dhe kujt i shkonim për vizitë? E kështu pa fund. Pasi i përgjigjesha se pasditeve nuk bëja ndonjë gjë të madhe, madje as paraditeve, se im atë punonte ditën e lexonte, flinte ose pinte gjatë natës, se nuk i shkruanim askujt letra e se askush nuk na shkruante, se vizitorët i kishim tepër të rrallë e vizita pothuajse nuk bënim fare, pra askush nuk na hynte brenda e për të na dalë s'kishte se si të na dilte, ajo më lironte. Jo, nuk më lironte, pasi të nesërmen isha i detyruar t'i dilja në takim aty ku të donte ajo. Nuk e di se pse ndjehesha i detyruar t'i përgjigjesha tekave të saj. Prapë përsëritej e njëjta histori. Nja dy-tri herë jam revoltuar, kam ngritur krye dhe nuk i kam shkuar në takim. Ajo më vinte te dritarja dhe më thërriste. Sa të më shihte e gjithë lagjja se me kë shoqërohesha, dilja shpejt. Madje njëherë erdhi brenda. Pasi u kafshëruam, i hodhi një sy bibliotekës së tim eti. Pas asaj dite nuk erdhi më. As m'i hidhte sytë kur ndërroheshim nëpër rrugët e qytetit. Thua se nuk ishim njohur ndonjëherë. Mua më shkonte për shtat sjellja e saj. As që kisha ndërmend t'i kërkoja llogari. Ndjehesha i lirë më në fund.

Një mbrëmje, im atë erdhi i zymtë. Menjëherë më pyeti:

- Kë ke futur në shtëpi?
- Askënd! - u përgjigja unë prerazi.

- Po librat, kujt ia ke treguar?

- Askujt! - lëshova të gatshme përgjigjen nga maja e gjuhës.

Nuk foli më. Hyri në dhomën e tij, m'u duk se piu raki dhe fjeti. As që më bëhej vonë se çfarë andrallash i kisha sjellë tim eti. Për mua e rëndësishme qe që ajo, "kurva e shtetit", nuk vinte më.

***

E qeshura e tij ha-ha-ha, që m'i griu eshtrat si me sharrë, më ndoqi nga prapa deri sa hyra brenda derës së shtëpisë. Derën, përveçse e mbylla me çelës, e sigurova edhe me një lloz të trashë metalik, që qe shfaqur në shtëpinë tonë qysh kur kisha rënë në dashuri me "kurvën e shtetit". E kishte montuar im atë. Njëherë më shkoi mendja të pija kafe, që e mbaja gjithmonë të gatshme në një ibrik bakri. "Nuk do të pi kafe! Do fle gjumë!", e urdhërova vetveten. Duke u zhveshur, ndjeva se rrobave u vinte një erë e rëndë rrënjësh të njoma. Mbi tavolinë qe zarfi me letrën e çuditshme. Desha të ngrihem. U ngrita, por në vend të saj kapa shishen tjetër të rakisë. Fillova prapë të pi. M'u kujtua se kisha shumë kohë pa futur gjë tjetër në gojë përveç rakisë. Në kuzhinë kisha diçka për të ngrënë. Duke kaluar përmes korridorit e pashë veten në pasqyrën e madhe të varur në mur, pranë derës së jashtme. Enët e kaltra të gjakut më kishin kërcyer mbi lëkurë. M'u duk se shquajta edhe muskuj të tendosur dhe fragmente eshtrash. Organet e brendshme më rrinin të varura në qafë. Sytë më qenë rrasur thellë në gropëzat e errëta, ndërsa nëpër flokë m'u duk sikur qenë ngatërruar dy fjolla mjegulle të bardhë në tëmtha, ndërsa gjithandej nëpër hapësirën e qimtë të kokës vërejta njolla të zeza nate e gjurmë balte. Ndjeva se këmbët po më lakoheshin, pastaj m'u lëshuan krejt.

Nuk mbaj mend se sa orë kam qenë në atë gjendje, shtrirë në çimenton e ftohtë të korridorit. Ndoshta disa orë, ndoshta gjithë ditën. Kur u zgjova, gjëja e parë që më shkoi ndërmend nga ditë-nata e kaluar, ishte hija e stërmadhe që mbante në kurriz varrin e babait. "Peshë e rëndë", mendova. U përpoqa të ngrija kokën. Pas nja tri-katër provash vura re se ajo punë i tejkalonte fuqitë e mia. M'u desh të pajtohesha me gjendjen e re. Ashtu, me faqe të mbështetur në betonin e ftohtë, vura re se shishja e rakisë nuk ndodhej larg meje, as qe derdhur, as qe thyer. Fati im! U rrotullova në kokërr të shpinës dhe e ngrita dy-tri herë. Bash në atë moment dëgjova fqinjin që i bërtiste së bijës. Ora duhej të ishte dhjetë e mbrëmjes. Kjo gjë më bëri me dije se pothuajse gjithë ditën e kisha kaluar i shtrirë përtokë.

"Kurvë! Përse nuk del të të shoh? Gjithë ditën e gjatë shkon me gjithfarë pordhacësh, ndërsa prej meje fshihesh! Po unë do të të gjej…!". Fqinjit tim i qe fshehur përsëri e bija. U afrova pranë derës, duke u zvarritur, për të dëgjuar më mirë se çfarë ndodhte matanë, në apartamentin tjetër. Zëri i plakut vinte herë i qartë e herë më turbullt, shoqëruar me hungërima! Befas, në korridor u dëgjuan hapa të lehtë, ndërsa në derën time trokitje të forta.

Pa pyetur fare se në çfarë gjendje qeshë e se në çfarë rrëmuje e kisha shtëpinë, u ngrita të hapja derën. M'u duk se trokitësi kishte nevojë për ndihmë. As që pyeta se kush qe, veç hapa derën dhe e mbylla menjëherë pasi trokitësi u gjend në korridorin tim. Hyrësit i erdhi era femër. Akoma nuk më kishte parë, pasi gjendesha pothuajse në gjunjë në errësirën e korridorit.

- Ku je?

Errësira, suvaja e mureve, orenditë dhe e gjithë shtëpia u trondit. Kurrë më parë brenda kubaturës së apartamentit tim nuk qe dëgjuar një zë aq i ëmbël. Qe zë femre, qe zë njeriu. Shpesh kisha konsideruar se apartamenti im nuk kishte strehuar kurrë njerëz.

- Ndize dritën! - thashë me zërin që më dridhej.

Korridori u përfshi menjëherë nga drita qiellore që kanë zakon ta rrezatojnë engjëjt. Një engjëll me këmishë të hollë nate kishte hyrë në shtëpinë time. Një engjëll i përlotur.

- Shko në dhomën time e vish diçka! - i thashë.

Ajo, duke dënesur, shkoi dhe doli prej andej pas disa çastesh e mbështjellë me një rrobëdëshan kadifeje jeshile, që e kisha trashëguar nga im atë; tepër i madhe për shtatin e saj të imtë.

Ndërkohë, me sforcime të jashtëzakonshme qesh ngritur. Shkuam në dhomën e ndenjes. U ula në kolltuk e ajo m'u ul pranë. Akoma i vinte era shtrat i ngrohtë femëror. Matanë, i ati, prapë gulçonte në kërkim të saj. Klithmat e tij histerike vinin deri në apartamentin tim. Ajo, me veshë të ngritur, përgjonte ulërimat dhe herë pas here kafshonte majat e gishtave të roztë.

- Ma nxiu jetën! - tha mes dënesave të thella, që ia ulnin e ia ngrinin ritmikisht gjoksin e rrumbullakët.
- Mund të flesh tek unë sonte! – thashë, pa qenë i sigurt nëse kisha ofruar një zgjidhje. Heshti. Shkova në dhomën tjetër dhe mora disa shtresa dhe mbulesën e nënës. Vajza rrinte si e mpirë. I thashë "natën e mirë" dhe dola duke mbyllur derën e dhomës së ndenjes pas vetes. Ajo mbeti pas krahëve. Kur u gjenda vetëm, për herë të parë në jetën time më shkoi ndërmend se do të duhej të martohesha. E zura veten në befasi duke menduar një budallallëk të tillë e më erdhi për të qeshur. Po me letrën çfarë do të bësh? Kur do ta hapësh? A ta merr mendja se çfarë kumti ka brenda? Ajo letër vinte nga nëndheu. Kumti i saj duhej të qe i zi. I vjen era vdekje! E ti ke guxim të mendosh se edhe mund të martohesh!! Ha-ha-ha, qesha si i marrë! Në fakt, duhet thënë se qesha si të isha njeri normal! I marrë jam përderisa në dhomën tjetër, brenda derës së shtëpisë sime të mbyllur me çelës dhe me lloz, ndodhet një femër. Jo thjesht seksi i kundërt, por një përsosje, një harmoni linjash e tiparesh femërore. Hë pra, çfarë do të bësh?

Po e shtyja veten në ngasje, megjithatë asnjë hap

nuk lëviza. Ndjeva se kisha frikë prej asaj vajze, po aq sa prej letrës që më kishte ardhur nga nëndheu. Por e kisha një mundësi të argëtohesha atë natë. Im atë, para shumë vitesh, kishte hapur një vrimë në mur për të kaluar kabllon e një abazhuri, që s'qe më në punë. U bëra esëll. Largova disa rroba të varura në mur, sipër vrimës. Vura një karrige dhe, siç merret me mend, s'munda të shoh gjë tjetër veçse një pikë të shndritshme në dhomën tjetër. I trishtuar nga dështimi i këtij plani, mallkova tim atë që nuk e kishte bërë më të madhe vrimën e kabullit. Zbrita. Pija po më zinte rishtas. U tmerrova nga ideja se tashmë s'kisha se ç'të bëja tjetër veç të hapja letrën. Por…jo! Rakia e kumbullës qe në korridor. Ngushëllimi im. Po më pihej një kafe. Ibriku ishte në dhomën e ndenjes. U nisa ta marr… befas u ndala. Mendova se dëshira për të pirë kafe nuk qe gjë tjetër veçse një shkak, një ngasje e nënvetëdijes që edhe njëherë të gjendesha në praninë e vajzës së mjerë. Fuqi të papërballueshme më shtynin drejt saj. Korteksi im i lodhur, megjithatë, përpiqej për të kundërtën. Mendova se krenaria jonë për gjoja superioritetin e racës njerëzore, nuk qe edhe aq e bazuar. Çfarë isha unë në fund të fundit? Një gjitar i rëndomtë dykëmbësh, i ngujuar në një apartament të betontë. E vetmja gjë e përbashkët që kisha me njeriun "krenar" qe ajo vetëpërmbajtje e sforcuar, që nuk e dija se sa do të zgjaste. U përplasa në shtrat. Diku nga fundi i trurit po ngrihej një fashë prehjeje, gjumëndjellëse. Ndjehesha jo thjesht i lodhur, por i dërrmuar.

Ndoshta më kishte zënë gjumi... kur mbi një tribunë të ndërtuar mbi eshtra, një gojë e madhe po llapte diçka. Në fillim fjalët që dilnin prej saj nuk i kuptova. Vetëm disa au, au, au, herë si jehona lehjesh, herë si ulërima ujku, herë si fërshëllima ere. Përpara tribunës së ndërtuar mbi eshtra dhe të mbështjellë me beze të kuqe, shtrihej një rrafshinë e pafund, e tëra e zhytur në llucë, një lloj mase xhelatinoze, e lyrtë, përzierje e veseve me të pëgëra fëmijësh të sëmurë me bark, të vjella pijetarësh dhe kalbësira bimësh, plehra të fermentuara e të holluara me lëngje të pista. Mbi sipërfaqen e kësaj rrafshine të përmbytur, shquajta miliona duar të ngritura lart. Në mes të çdo dy duarve vërehej një vesh plastik pluskues, i aftë të perceptonte tingujt absurd që dilnin prej gojës së stërmadhe, që llapte mbi tribunën e ndërtuar mbi eshtra. Pas çdo au, au, au, duart përplaseshin fuqishëm, duke krijuar një stuhi duartrokitjesh marramendëse e që shkaktonte valëzime të fuqishme të llucës ku qenë të rrasura.

Goja vazhdonte pa prâ au, au, au, ndërsa duart e sëmura nga sindroma e duartrokitjes së pavullnetshme vazhdonin avazin. Mbi këtë stuhi duarpërplasjesh qëndronte edhe një vesh tjetër, shumë më i madh sesa ata që rrinin mes duarve pothuajse mbi llucë, vesh i pajisur me një stërgisht tregues. Veshi rrotullohej si antenë radari dhe, siç duket, dëgjonte mosduartrokitjet. Sapo një gjë e tillë ndodhte, gishti tregues drejtohej nga duart dembele, duart e denoncuara, që menjëherë rraseshin në llucë dhe nuk dukeshin më. Nganjëherë bëhej një katrahurë e madhe, pasi gishti tregonte përnjëherë dhjetëra palë duar, pastaj kishte edhe gishta të duarve të rrasura në llucë, që drejtoheshin kërcënueshëm ndaj njëri-tjetrit; rezultati qe fatal për mijëra duar.

Goja në tribunën e ndërtuar mbi eshtra dhe të mbështjellë me beze të kuqe, vazhdonte si gjithmonë të lëshonte au, au-të e veta shurdhuese, torturuese. Kur u zgjova, koka më ushtonte: au, au, au... Hapa sytë; pranë meje, në shtratin e prindërve ku isha shtrirë, rrinte ulur ajo. Më kishte marrë dorën mes të sajave dhe e ledhatonte me ëmbëlsi.

E di që tani gjithkush do të kërkojë t'ia përshkruaj emocionet, ndjenjat, dridhjet e filamenteve më të holla, më subtile të shpirtit, që kam ndjerë në atë çast. Jo, nuk kam ndërmend të ndaj me ju kënaqësinë e vetme që kam ndjerë në jetë, lumturinë eterore të atij çasti nuk dua ta ndaj me askënd! Edhe sikur të kisha fjalë për ta përshkruar, edhe sikur të kishte zgjatur pak më shumë, aq sa të isha i zoti ta kuptoja realisht se ç'kishte ndodhur me shpirtin tim, nuk do pranoja të flisja. Ai çast qe lumturia ime e paktë, thesari im i vetëm.

A doni ta ndaj trishtimin me ju? Hë pra? E shihni që askush nuk luan vendit? Njëlloj si në fillimin e një beteje të vështirë, askush nuk të bashkëngjitet, të gjithë të braktisin, vetëm pas fitores të gjithë janë të gatshëm të ndajnë thelën e vet, të gjithë vijnë në një sofër ku ndahen trofetë e fitores. Bash në atë katrahurë të ndarjes së medaljeve, vendin e parë e zënë shkërdhatat, karrieristët, bërrylësat, rrugaçët, hajnat, tutsat, të gjymtit, imoralët, pisat dhe lumpeni i çdo ngjyre; ata marrin thelën më të madhe. Me gisht në gojë mbeten pikërisht ata, të cilëve u takonte më shumë, u takonte gjithçka. Ai është çasti i zhgënjimit për fitoren që nuk shërben më, zhgënjim që u jep mundësi dallkaukëve ta kompromentojnë fitoren.

Befas fitorja shndërrohet në disfatë. Fillimi në fund, fundi në pafund, pafundi në absurd, absurdi në anarki, anarkia në diktaturë, pastaj fillojnë duartrokitjet.

Por, le t'i kthehemi edhe njëherë ëndrrës së frikshme që pash dhe vajzës flokëlëshuar, të ulur pranë meje. E këqyra për nja dhjetë sekonda. Nuk munda më; shkëlqimi i saj m'i vrau sytë. Pastaj hodha shikimin rreth e rrotull në dhomën time. Gjithçka kishte ndërruar pamje. Dukej më e pastër. I mbylla sytë. Desha ta provoja sa më gjatë atë moment limontie, paqeje e prehje shpirtërore, çast që fati ma kishte ofruar tepër rrallë, për të mos thënë asnjëherë. Ajo, e qelqtë, pranë meje ngjante me një aparat dialize, m'u duk sikur gjaku im kalonte nëpër enët e saj të gjakut, purifikohej, merrte ngjyrën natyrale, duke u çliruar nga ndryshku që i jepte ngjyrën e gjetheve të kalbura në moçal.

Në gjymtyrë, inde, kocka ndjeva një freski gjallëruese dhe, thellë në shpirt një dëshirë për të jetuar. Për të jetuar larg zhurmave, veseve dhe ndotjes që më kishte rrethuar deri në ato çaste. Në djall le të shkonte edhe letra misterioze e tim eti bashkë me kumtin që përmbante. Në djall edhe varret e të gjitha brezave! E ardhmja s'mund të mbartë në kurriz gjithë varret e së shkuarës. Jeta është shumë e brishtë dhe e thjeshtë. Një shtëpi, një grua e bukur, një punë e përshtatshme, një foshnje dhe... ja, brenda këtyre gjërave të thjeshta fshihet e ardhmja. Prej këtu mund të nisesh drejt atyre majave ku aspiron të arrish! Po aspirove të shkosh diku, patjetër do arrish, mjafton të jesh i lirë.

Në kulmin e atij frymëzimi desha të ngrihesha e ta përqafoja vajzën e brishtë, të tejdukshme, mjegullore. Po a puthet mjegulla? A përqafohet vesa? A mundet vemja, krimbi i plehut të bashkëjetojë me kaprollen e malit, me gjeraqinën e qiellit? Ajo, ndërkohë, kishte ikur; nuk qe më aty. Qe tretur si ëndrra e mëngjesit, pati avulluar si vegim! Po a kishte qenë me të vërtetë aty? A kishte fjetur ajo një natë në dhomën time të ndenjes? Apo ndoshta thjesht ndonjë pasion i imi ilegal për të, i shtypur prej kush e di se kur në nënvetëdijen time, kish mundur të krijonte gjithë atë iluzion? Ndoshta, pikërisht fuqia magjike e atij pasioni të dhunuar prej meje ia kishte shndërruar të atin në pijanec të rrezikshëm, vetëm e vetëm që ajo, e trembur prej sulmeve, të vinte në shtëpinë time për t'u mbrojtur!

E gjithë kjo teori për pasionin e fshehur, qe e kotë.

Ja, a nuk erdhi në shtëpinë time? E ku ishte atëherë ai pasion i verbër? Përse nuk shpërtheu gjersa paska aq fuqi? Ardhja e saj duhet të ketë qenë thjesht kombinim rastësor i fateve tona ose paracaktim i ndonjë fuqie të mbinatyrshme, fuqi të cilën shumëkush e thërret zot.

Probabiliteti i një rastësie të tillë është shumë i rrallë, por kjo nuk më pengoi të arsyetoja se e njëjta ngjarje mund t'i kishte ndodhur edhe ndonjë vajze tjetër në San Paolo, Somali apo Sri Lanka!

O zot! Po ç'vlejnë gjithë këto arsyetime, këto përçartje delirante, kur rrënimi ka ndodhur? Kur engjëlli shpëtimtar erdhi ta ngrinte shpirtin tim në lartësinë e virtytit, në eterin e roztë, ku notojnë shpirtrat e pamëkatë? Atje ku mendja i shërben të zotit jo për të bërë plane se si e si të shqyejë foshnje të njoma, të rrahë gra shtatzëna, për të mbytur me kafshatë në fyt pleqtë e mjerë. Engjëlli që do të më dërgonte në botën e lartë të njeriut, aty kur truri, shpirti, forca dhe vullneti njerëzor nuk përdoren për të ngujuar miliona qenie të racës tënde në burgje të lemerishme, pas telash me gjemba, jeta e të cilave kushton aq sa i duhet një dallkauku për të thënë: "Të vriten të gjithë!".

Ç'vlejnë pra arsyetimet, kur arratisja e engjëllit më dëshmonte se qeshë i destinuar të zhgërryhesha në pellgun e ndyrë të veseve, në një qytet ku vlerë më të madhe ka kurva e tij më e njohur, kurva e shtetit, sesa, bie fjala, mësuesi i historisë, që kishte studiuar në universitetin më të mirë të botës? Me një dënim të tillë të pashpresë, a nuk qe më mirë të zgjidhja vdekjen si alternativë? Në fund të fundit do t'i takoja vetë të vdekurit, do të bisedoja me ta, nuk do t'i lodhja të më dërgonin letra! Ndoshta ajo letër nga nëndheu qe me të vërtetë një ftesë për në varr! Nuk i trembesha më vdekjes si dikur. Mendoja se ajo nuk ishte gjë tjetër veçse pjesa e dytë e jetës. Ndoshta në vdekje njerëzit bëhen të arsyeshëm! Dhe duhet të bëhen patjetër! Asnjë lajm nga nëndheu nuk bën fjalë për kryengritje, për rrëzime monumentesh, për banda, për trafik droge e armësh, për ndeshje mes grupeve rivale, për institute kundër SIDA-s, kancerit, mortajës! Jo, sigurisht, edhe ata kanë problemet e veta, por jo kaq të pista sa tonat!

Vërejta se duke arsyetuar në këtë mënyrë po i afrohesha dalëngadalë një vendimi të rëndësishëm: vetëvrasjes! Gati më shpëtoi shurra! Alkooli është diuretik i fuqishëm, kështu kisha dëgjuar njëherë tek thoshte një mjek. Sa më shumë raki të pish, aq më shumë shurron. Kjo gjë më provohej edhe nga fqinji im. Jo rrallë, në mes të verës, kam menduar se kishte filluar shiu. Kur dilja në dritare për të parë, ç'të shihja, fqinji im, me kokë të mbështetur në mur, pshurrte si lopë. Imazhi i tij më bëri një të mirë: më kujtoi se duhej të merresha me gjëra më tokësore, më të afërta me specien time homo-reptile. Vetëvrasja është një akt i panjohur, i huaj për këtë lloj.

U zvarrita nga shtrati, shtyva një karrige, dola nga dhoma dhe shkova në atë të ndenjes, që rrezatonte pastërti, paqe e rregull të panjohur për sytë e mi; pastaj u nisa për në banjë, bëra shurrën ngjyrë ndryshku, shkunda si gjithmonë hallatin, që pikat e fundit të mos më binin në pantallona e megjithatë ato ranë se ranë, lava fytyrën dhe, kur u pashë në pasqyrë, vërejta se kisha ngjyrë dheu. U fshiva me një peshqir që mbante erë djersë, hyra në kuzhinë, leva një fetë bukë, që mezi e preva, me një vaj vegjetal të hidrogjenuar, kafshova nja dy-tri herë në të, m'u duk e hidhur, megjithatë e përfundova, ngrita ibrikun prej bakri e rrufita nja dy gllënjka kafe, edhe ajo e hidhur, pastaj mora shishen e rakisë. Pashë që ora kishte shkuar njëmbëdhjetë; u ktheva rishtas në dhomën e gjumit me shishe në dorë. Në korridor prapë më zuri syri letrën e bardhë mbi tavolinën e zezë; letrën e ardhur nga nëndheu, sikur im atë të punonte minator e, në rast avarie apo mbyllje në zgafellë në ndonjë grevë me kërkesa ekonomike, t'i ishte tekur të më shkruante për gjendjen shëndetësore apo atë morale, që, në raste të tilla, sigurisht është gjithmonë shumë e lartë!

Mendimi se po të bëja një shëtitje në pyll, mund të qetësohesha, më ngrohu shumë! Madje më erdhi keq që një ide e tillë nuk më kishte ardhur me kohë! I pëlqej vendet ku këmba e njeriut e ka bukur të vështirë të shkelë. Aty ku njerëzit shkojnë shumë rrallë, vendosa të shkoja, me shpresë se do të mund të reflektoja mbi gjendjen në të cilën ndodhesha. Pylli është pasioni im, është buka ime! Krijesat e gjalla, që jetojnë në pyll, janë shumë të shkujdesura. Ç'është e vërteta, me shumë trishtim kam vënë re se kafshët e egra të pyllit ua kanë shumë frikën njerëzve, thua se këta të fundit janë më të egër se vetë ato! Bie fjala, në fillim, sapo kisha filluar punë në pyll, të gjithë shpendët, kafshët, insektet, madje edhe bimët trembeshin prej meje. Duke qenë natyrë paqësore, as që i ngacmoja, as fërshëlleja në pyll, ecja me kujdes për të mos shkelur mbi asgjë! Ai kujdes s'më ka hyrë shumë në punë. Para se unë të përgatitesha për të mos e trembur ndonjë krijesë të gjallë, ajo veç ishte trembur! Dikur u mësuan me itinerarin tim, thua se kishin matur me saktësinë më të madhe kohën kur kaloja në kodrinë, kur zbrisja në breg të përroit, kur shkoja te burimi për të ngrënë drekë, kur liroja ndonjë shteg të zënë nga ferrat e të tjera, e të tjera! Filluan të mos më trembeshin më, megjithëse, prapë se prapë, më rrinin larg. S'donin të kishin asnjë problem me mua. Nejse, unë shkova në pyll me shpresë se aty do të kisha mundësi të reflektoja më thellë për gjendjen në të cilën ndodhesha.

Një mjegull e hollë, nga ajo që gjendet veç nëpër piktura mjeshtërish dhe në pyllin tim, qe shtrirë gjerë e gjatë, duke mbuluar në të njëjtën lartësi të gjitha bimët dhe drurët. Të ecësh përmes një mjegulle të tillë ke përshtypjen se këmbët i ke në tokë dhe kokën në qiell. Të duket vetja i madh. Trungjet e zeza të pemëve dukeshin si dekor i braktisur teatri, klithma e ndonjë zogu pa dashnore e trishtonte edhe më tej peizazhin. Vetja po më dukej si shtojcë e panevojshme, e tepërt. Kurrë më parë pylli nuk më është dukur më i huaj se atë ditë. U ula rrëzë një trungu dhe koka m'u zhyt në mjegull. Në rrënjët e drurit pashë një fije torollake bari, që kishte mbirë në zemër të barit të vjetër, të kalbur përreth. Mendova se ajo fije bari e kishte shumë të vështirë t'i përballonte dimrit egërcak që po vinte. Megjithatë, mospërfillëse, e brishtë, gati e tejdukshme kishte lëshuar shtat dhe dridhej lehtë në valët lëvizëse të mjegullës që zvarritej. Priste me ankth largimin e saj për t'iu ekspozuar diellit për pak minuta.

U ngrita dhe nisa të shëtisja pa drejtim në pyll. Ndjeja se kisha gabuar që nuk isha treguar pak më i guximshëm një natë më parë. Ndoshta kurrë më nuk do të më paraqitej një rast i tillë. Ajo sigurisht që më donte, përndryshe s'kish se si të vinte të strehohej tek unë! Njeriu nuk lyp siguri tek i panjohuri, por tek ata që njeh, tek të cilët ka besim. Pikërisht për atë gjë kisha bërë mirë që nuk iu afrova. Nuk mund ta imagjinoja veten duke shfrytëzuar fatkeqësinë e saj. Ajo, thjesht për të shprehur mirënjohjen që i kisha ofruar strehim, kishte ndërmarrë atë pastrim radikal të apartamentit tim, duke e shndërruar atë në hapësirë të banueshme. Zogu pa dashnore trishtoi përsëri me disa cicërima të dhimbshme. Po më vinte keq për të. Pak më vonë mendova se ai zog mund të qe vetja ime në formë tjetër, shpirti im kishte gjetur shprehje, ishte ringjallur në atë zog. Absurde!

Bash në atë çast, nga një zgërbonjë e kalbur lisi m'u fanit një krijesë e çuditshme, që më kërkoi llogari me shumë vendosmëri se pse nuk e kisha lexuar letrën deri në atë çast. Kjo gjë më tronditi shumë. Iu përgjigja se e dija se çka përmbante ajo letër edhe pse nuk e kisha lexuar. Krijesa e çuditshme nuk u pajtua me mua. Insistoi, më kërcënoi se, nëse nuk e lexoja shpejt atë letër, diçka e rëndë do më ndodhte, do kisha pasoja shumë të ashpra.

U tërhoqa, nuk desha të merresha më me të. Brenda meje, megjithatë, po konsolidohej mendimi se duhej ta lexoja letrën. Pylli po më dukej armiqësor, kërcënues. As aty nuk kisha më vend, edhe ai po më përjashtonte! Po më nxirrte jashtë vetes. Rrugën e kthimit për në shtëpi duket se e bëra me zvarritje. Këtë gjë e hetova më vonë, kur vura re se gjunjët dhe bërrylat më qenë gjakosur. Merret me mend se kur mbërrita në shtëpi jo vetëm që s'pata mundësi ta lexoja letrën, por as tani nuk jam në gjendje të rrëfej se si e kalova pasditen dhe natën. Veç sigurisht që duhet të ketë qenë një natë e mundimshme dhe e gjatë, si çdo natë pragdimri në një qytet, që i zihet fryma nga pluhuri, thashethemet, avujt e alkoolit dhe paradave të ushtarëve fitues të luftës së fundit.

* * *

Do kem folur me zë të lartë ose fqinjit tim i është shpifur në ndonjë ëndërr, zor se mund ta përcaktoj, veç diçka e di me siguri, më pyeti pa teklif:

- Ke pasur mysafirë mbrëmë, ë?

Si t'i përgjigjesha, kur nuk qeshë i sigurt se për cilën mbrëmje e kishte fjalën? Njëherë mendova se e kishte fjalën për atë natë kur mysafiri im kishte qenë e bija. Po a mund të quhet mysafir një njeri që lyp strehim, lyp mbrojtje? Pastaj, ajo nuk kishte qenë "mbrëmë", por parmbrëmë! Vështirë se do ta kisha zgjidhur atë punë, sikur të mos më ndihmonte vetë ai, të cilit nuk i ndenji bytha rehat pa shtuar:

- Me çfarë i qerase të vdekurit? Hë, çfarë pinë ata? - tha dhe qeshi ha-ha-ha.

Atë qeshje e kisha dëgjuar edhe herë tjetër nga roja i varreve. Qeshje që e kishte bërë të ushtonte mëngjesin e hershëm si shpellë kristali. Ajo qeshje m'i kishte grirë eshtrat si me sharrë. Mendova se shumëkush kishte filluar të qeshte ha-ha-ha, një qeshje sipërfaqësore, e thatë, krejtësisht e padobishme. Ha-ha-ha, ia dhashë edhe unë, një imitim i sforcuar i qeshjes së tij.

- Të vdekurit pinë qelb! Qelb në gota të mëdha kristali!

Fqinji im, kur dëgjoi përgjigjen, volli. Ndoshta ngaqë kishte pirë shumë, ku e di unë. Po ç'rëndësi ka! Kur mbaroi së vjelli, i rrëshqiti këmba dhe ra në kokërr të shpinës mbi të vjellën e vet. As që më shkoi bira e mendjes ta ndihmoja për t'u ngritur. Sikur ta kisha ndihmuar, do të ndihesha bashkëfajtor, më keq, do të më dukej sikur isha rrëzuar edhe unë, sikur bashkë kishim vjellë e bashkë ishim rrëzuar. Jo, unë as kisha vjellë, as isha rrëzuar. Ai qe rrëzuar! Le të ngrihej po të donte, nëse mundte.

Por, pse më kishte pyetur nëse kisha pasur mysafirë?! E lashë fqinjin të shkarravitej mbi të vjellën e vet dhe u ktheva në apartamentin tim, prej nga ku sapo kisha dalë.

Ndoshta, thashë me vete, vërtet dikush kishte bujtur në apartamentin tim e unë nuk e kisha vërejtur.

Në atë gjendje që kisha qenë, në shtëpinë time mund të kishin fjetur njëqind ushtarë e unë s'do ta kisha marrë vesh. Hyra në dhomën e ndenjes. Në qosh të saj, e mbledhur kruspull, si mackë e vockël, e lagur dhe e rrahur, me kokën e rrasur mes gjunjëve që i dridheshin, me flokët që i binin deri në tokë, qëndronte ajo: vajza e fqinjit tim, që dukej më tepër si një topth i leshtë sesa një qenie njerëzore. Dridhej jo nga të qarat, siç dukej s'kishte më fuqi të qante. Ishin konvulsione si ato të epilepsisë. Vetëm kur ngriti kokën, pashë se në vend të shkumës së bardhë në të verdhë në qoshet e buzëve, tipike për atë sëmundje, asaj po i rridhnin dy currila gjaku të hollë, të freskët, që i mblidheshin diku nën mjekrën që i dridhej. Një hematomë e madhe, sa një patkua në syrin e majtë, kish filluar t'i ënjtej duke ia deformuar harmoninë e dikurshme të linjave të fytyrës. E grisur dhe e çjerrë në shumë vende, qe më tepër se në gjendje të mjerueshme. Nuk e di se ç'kam menduar në atë çast. Përfytyrova brenda pak sekondash tërë skenën që mund të kishte ndodhur. I ati i dehur kish mundur së fundi ta kapte dhe, siç dukej, me sukses e kishte përdhunuar. Para meje ndodhej produkti i gatshëm, përfundimtar i asaj skene.

- Ç'ka ndodhur? - e pyeta fqinjën ish-të bukur.
- Hiç! – m'u përgjigj mes dënesave. - Kam ngrënë minj të ngordhur! - tha dhe qeshi ha-ha-ha!

O Zot, thashë me vete, edhe kjo paska mësuar të qeshë, ha-ha-ha, si gjithë të tjerët. Kë të lajmëroja, policinë apo spitalin? Ndodhesha para viktimës së një krimi dhe para një pacienteje në gjendje të rënduar. Duket se pasi mblodha veten, lajmërova policinë. Ndoshta dikush tjetër e lajmëroi. Nuk e di! Mbaj mend se pas pak minutash në oborrin e pallatit tonë ndaloi një "BÇ" e Degës së Brendshme. Na rrasën brenda të dyve, mua m'i lidhën duart dhe këmbët, ndërsa atë e mbanin fort dy policë.

- Ti i ke të gjitha fajet! - më tha fqinja, duke më hedhur në surrat një pështymë tërë jargë të përzier me gjak.
- Jo, jo unë të kam shpëtuar njëherë, por ti ike! Po të mos kishe ikur, do të të kisha shpëtuar tërë jetën, ty dhe veten time! Mosmirënjohëse!

Një grusht i rrasur në stomak më ndërpreu, se doja t'i thosha edhe fjalë të tjera. Ai grusht më gjuajti përtokë. Dikur, larg si nëpër mjegull, dëgjova klithjet e saj, makinën që ndaloi dhe dy palë duar të fuqishme që po më zvarrisnin nëpër një oborr të shtruar me kalldrëm.

Nuk e di se pas sa kohësh filluan seancat e pyetjeve.

Ajo, siç më thoshin hetuesit, kishte deklaruar shkurtimisht se gjithçka kishte filluar një ditë kur ajo, për t'iu justifikuar mësueses, i kishte thënë se fletoren e detyrave ia kishin ngrënë minjtë. Mësuesja, për dënim, e kishte detyruar të hante dy minj të ngordhur. Hetuesit më shtynin të pranoja një krim që nuk e kuptoja, ndërkohë që për atë thoshin se i kishte larë duart nga kjo botë. Atë ditë që kishte ngrënë minjtë e ngordhur, fqinja ime qe kthyer në shtëpi dhe, në vend të të atit, kishte gjetur një maçok plak, që e kishte ndjerë erën minjve në barkun e saj. Maçoku nuk e kishte zgjatur. Kish dashur t'ia çante barkun, për t'i ngrënë minjtë. Çarja kishte filluar mes këmbëve. Asaj i kishte rrjedhur shumë gjak.

Unë, sigurisht që iu përgjigja pyetjeve në mënyrë shumë më intelektuale. Pyetjes se kur më kishte vdekur babai, iu përgjigja "nesër". Pyetjeve për lidhjet e mia me vajzën e fqinjit, me vajzën që kisha përdhunuar sipas tyre, iu përgjigja se "na lidhte ideali i krijimit të kooperativave bujqësore në Tibet dhe Mongoli". Kishim edhe një lidhje tjetër, ajo qe stërmbesë e Galenit, farmacistit të lashtë romak, ndërsa unë kisha lexuar një libër të Fosko di Nuçit; duke qenë se këta dy persona kishin origjinë të njëjtë nacionale, lidhja jonë merrej me mend, sipas rregullit të treshit.

U deklarova hetuesve se edhe bindjet politike i kishim të përbashkëta me vajzën e fqinjit. Të dy aspironim që në qeverisje të qytetit tonë të vinte një mbret i huaj. Qyteti ynë nuk mund të vetudhëhiqej. Kishim vendosur që me mbretin e huaj të martohej vajza e fqinjit, unë do të isha i dashuri i saj, rrjedhimisht vendimet do të merreshin edhe prej meje.

Dihet influenca e dashnorëve të grave të mbretërve mbi punën e mbretërive. Edhe fëmijët që do të lindnin nga ajo martesë me interesa, do të më kishin mua si baba. Rrjedhimisht, në një të ardhme të afërt, pretenduesit e fronit do të kishin gjak të pastër, nga gjaku i qytetit. Ky ishte projekti ynë për shpëtimin e qytetit (!)

Pas këtyre përgjigjeve të "sakta", hetuesit u detyruan të na dërgonin për vizitë mjekësore. Në bazë të një ekzaminimi rigoroz shkencor, objektiv e subjektiv, mbi bazën e të dhënave laboratorike dhe të elektroenceflogramave, ne të dy përfunduam në spitalin psikiatrik të qytetit. Aty gjetëm mjaft banorë, të cilëve në qytet u qe harruar emri qysh pas luftës së fundit.

Në spital trajtimi qe mjaft i veçantë. Na rrihnin gjashtë herë në ditë, jo më pak se nga një gjysmë ore. Rrahjet fillonin me shpulla turinjve dhe përfundonin me shqelma në pjesën e pasme të kafkës, atë që mjekët e thërrasin "basis crani". Kjo qe receta e kurimit tonë dhe vërtet një ditë unë do të isha kuruar sikur rastësisht të mos kisha parë fqinjën time në anën tjetër të hekurave, në gjysmë oborrin femëror të spitalit. Qe "shëndoshur" edhe ajo si unë, me të njëjtën recetë trajtoheshim. Munda t'u afrohem hekurave ndarës, po ashtu edhe ajo.

- Hë? - pyeta në mënyrë të papërcaktuar. Përgjigja që mora prej saj, si dhe "medikamentet" e recetës së sipërpërmendur, më shkundën aq shumë, saqë atyre ua detyroj jetën dhe shëndetin që gëzoj sot.

* * *

Kam disa vite që gëzoj një pension për s'di se çfarë meritash. Ulur në parmakun e dritares së dhomës sime, shoh njerëzit që ecin nëpër rrugë. Nuk e di pse kam përshtypjen që secili prej tyre ka dëshirë të më pështyjë. E vetmja gjë që i ndal, është fakti se dritarja ime ndodhet bukur lart. Më duket se njerëzit kanë filluar ta kuptojnë moralin e thënies: "Po të pështysh lart, pështyma të bie në surrat". Kjo dije që kanë përvetësuar qytetarët e mi, është baza e qetësisë sime. Ka kaq vite që analizoj me qetësi fjalët që më tha fqinja te gardhi i hekurt, që ndante oborrin femëror dhe atë mashkullor të spitalit psikiatrik të qytetit tonë. Kur e pyeta në mënyrë të papërcaktuar "Hë?", m'u përgjigj:

- Hiç! Sikur ta kishe lexuar atë letër që të dërgova, nuk do të ishim në këtë gjendje që jemi sot.

- Cilën letër? - e pyeta.

- Ishte një letër dashurie që të dërgova! Mbishkrimin "Yt atë, nga nëndheu!", e shkrojta thjesht për të bërë shaka!

- S'ka gjë! - e justifikova fqinjën time. - Në qytetin tonë, që i zihet fryma nga pluhuri, thashethemet, avulli i alkoolit dhe paradat e ushtarëve fitues të luftës së fundit, gjithmonë bëjmë shaka! Shaka që na kushtojnë shumë shtrenjtë. Ne ishim veç një rast!

* * *

Nuk e prisja kurrë një fund të tillë të ngjarjeve. As që më kishte shkuar mendja se ajo letër do të mund të ishte letër dashurie. Për herë të parë, qysh se kisha filluar ta shkruaja romanin për qytetin, m'u lëkund besimi në aftësitë e mia, në talentin tim. Madje m'u duk vetja mendjemadh. Sfida që ngrinte përballë meje ajo letër që e pakapërcyeshme. Po kush ishte autori i saj? Si qe e mundur që dikush të shkruante një pjesë aq të denjë e të kërkonte të mbetej anonim? Ç'ka i shtynte këta njerëz të më dërgonin shkrimet e tyre? Ç'ishte ajo, bujari e sinqertë, apo kishin frikë t'i nënshkruanin? Tashmë me të vërtetë kishte ardhur çasti për të vendosur për fatin e romanit të qytetit tim. Thirra gruan dhe e pyeta nëse e kishte lexuar atë rrëfim të gjatë e pasionant.

- Sigurisht që e kam lexuar, - m'u përgjigj.
- Edhe?
- Hiç! Ai tregim është veç pak më i gjatë, ndoshta edhe pak më intensiv se të tjerët, por është e njëjta natyrë, i njëjti puls, e njëjta frymëmarrje. Ka në dhomën tjetër edhe dhjetëra e dhjetëra letra të tjera, që nuk t'i kam dhënë, sepse janë të dobëta, janë rozë, nuk vlejnë për romanin tënd.
- I bie që të kesh bërë, në njëfarë mënyre, punën e sekretares edhe të censores...

- Nuk shoh asnjë të keqe këtu! Kur vendose të shkruash romanin për qytetin, fama jote mori dhenë! Në qytet nuk flitet për gjë tjetër veçse për ty! Kjo gjë më jepte krenari, por nga ana tjetër kisha edhe frikë. Ti e di se çka do të thotë të shkruash libra! Është profesioni më i rrezikshëm i kohës sonë.

- E di, por nuk kisha ndërmend ta botoja atë libër. Ti e di shumë mirë, unë po e shkruaja se ndjeja detyrim për qytetin. Nuk po e shkruaja për të fituar famë. Boll i kemi në qytet dy poetë; e shikon se si po i gërryen fama e fituar? Desha thjesht ta pasuroja qytetin edhe me një gjini tjetër shkrimi, duke menduar se po shkruaja në një terren shterpë. Nuk e kisha besuar kurrë që në qytetin tonë të kishte kaq shumë njerëz që shkruajnë prozë! Ky tekst -thashë duke tundur në duar fletët e "ftesës për në varr" - është aq i plotë, sa që mund të qëndrojë vetë si vepër letrare! Nëse autori ka frikë, duhet botuar me këtë autorësi "Anonimi i madh i qytetit tim", por kurrsesi nuk më shkon ndërmend ta përdor për romanin tim.

- Merret me mend, i dashur! - më tha ajo. - Puna nuk është se ti do t'i përfshish këto tekste në librin tënd, ato të shërbejnë thjesht si punë përgatitore, prej tyre mund të nxjerrësh personazhe, ide, pasazhe, pse jo edhe linja të plota. Shkrimtarët e dobët këtë punë kanë. Shumë prej tyre nuk dinë të shkruajnë, por dinë të vëzhgojnë karaktere, situata, gjendje të caktuara emocionale, që në tekstet e tyre gjenden si xhevahiret e mbështjella me baltë. Puna e shkrimtarit serioz lehtësohet shumë nga këta diletantë, nga këta vullnetarë, militantë të artit. Me veprat e tyre shërbejnë si lëndë e parë, gjysmë e përpunuar për artistin e vërtetë, i cili duhet të kursehet nga puna e mundimshme e seleksionimit, verifikimit drobitës të materialit jetësor.

Mbeta i shtangur nga shpjegimi pasionant i gruas. Mendova se ajo qe verbuar para kohe, para se shkëlqimi i famës sime të bëhej publik. Më vonë, arsyetimi i saj m'u duk racional, i ftohtë, i logjikshëm.

- Në fund të fundit, pasi të botohet libri yt, edhe ata do të ndjehen krenarë, do ta ndjejnë veten pjesë të suksesit tënd. Ti, pa pikë egoizmi, duhet ta pranosh këtë shpërndarje të suksesit, siç duhet të pranosh pa pikë keqardhje vetësakrifikimin e tyre. Por, edhe sikur të mos e pranosh ti, ata vetë do të nxjerrin përfitim nga fama jote, do të shkruajnë libra mbi librin tënd, kritika, analiza, ese. Do hanë bukë prej librit tënd. Ti e di, sigurisht, se sa mijëra libra janë shkruar mbi veprën e Shekspirit, tash pesë shekuj vazhdimisht botohen libra mbi të, mbi veprën e tij! Kjo është logjika e pasionit që kanë qeniet e ulëta për qeniet e larta! Është e vërtetë, po të mos kishte pemë të larta, nuk do të kishte as kërpudha. Pemët e larta sigurojnë hijen e domosdoshme për kërpudhat, këto të fundit kalbin shtatin e lartë të lisave për të siguruar humus, ushqim për rritjen e pemëve të tjera të larta. Kërpudhat, myshqet janë të pafundme, pemët e larta janë të rralla, shpesh të vetmuara, të trishta...

Por, pa këtë simbiozë, ekzistenca e tyre do të ishte e paimagjinueshme! Vazhdo e shkruaj, i dashur! Ky është shpërblimi i vetëm dhe më i vyeshëm që mund t'u bësh këtyre njerëzve, këtij qyteti, - tha dhe doli.

Mbeta vetëm me jehonën e fjalëve të saj. Me tekstin që sapo kisha lexuar dhe fletoret e panumërta të shënimeve, ku shkruaj fragmente të ndryshme për romanin tim, për romanin e qytetit tim. Mendova se qyteti ishte fatkeq nga natyra ose i mallkuar nga zoti. Si qe e mundur ndryshe që ai të kishte aq njerëz të shquar, aq intelektualë, njerëz aq punëtorë dhe aq të varfër, tmerrësisht të varfër! Njerëz, që veç bujarisë nuk kishin vlerë tjetër me të cilën të krenoheshin! Po me çfarë mund të ishin bujarë, kur ishin aq të varfër? Qytet plot me koka katrore, si produkte standarde uzine; njerëz që vriten pa ditur se për çka e që kërkojnë falje pa bërë as krim, as gabim; plot me krijues që duan të mbeten anonimë. Turma që shtyhen, njerëz që ia vënë bërrylin në qafë shokut kot së koti, pa pasur nevojë, pa qenë të nisur për kurrkund.

Qytet me jetë pezull, me frymëmarrje dhe intelekt pezull, me të vdekur që rrinë pezull: as në vdekje, as në jetë! Qytet i mbushur me spiunë vullnetarë, që vdesin të lumtur duke duartrokitur barkthatë! Me shkrimtarë e shkrues letrash anonime! Çfarë mortaje është kjo? Ç'është kjo jetë; as muzg, as ag, as mesditë, as mesnatë, as terr, as dritë, as të vdekur të vërtetë, as të gjallë realë? As mish, as peshk, as pluhur, as dhe, as dielli nuk nxeh ditën, as hëna s'shndrit natën, as avull, as ujë nuk rrjedh në lumenj, as gjak, as mut nuk rrjedh nëpër dej, rrast me poshtërsi, rreng me mirësi, rrast me vrasje, rreng me dashuri, plot me përkëdhelje, rrafsh me shpifje, rreng me urti, me tmerr e me mrekulli!

Qytet për të cilin nuk ia vlen të shkruhet asgjë e për të cilin nuk më del shpirti pa shkruar një roman?! Si qe e mundur? Çfarë ndodhte kështu me mua dhe me qytetin tim?! Nuk e di se çfarë kishim bërë që kishim përfunduar në atë ditë. Çfarë tredhjeje kishte ndodhur në trurin tonë, kush na kishte shtrydhur në shpirt djallëzinë? Më vinte çudi se si kishim mundur të mbesnim të mirë, shpirtbutë, njerëz të aftë për të falur gjithçka, a thua se poshtërimi është pastrim, a thua se dhuna sjell butësi, a thua se kur mbërrin në fund nuk ke nga t'ia mbash pa u ngjitur lart? Po ku ishte qyteti im, në cilin segment të rrugës, në atë të rënies apo të ngjitjes? Fakti që gruan kish filluar ta brente krimbi i madhështisë, i lavdisë dhe famës më jepte të kuptoja se qemë në rënie. Në një rënie të vështirë, gjatë së cilës shumëkush do ta thyente qafën. Befas m'u kujtua se kisha hedhur disa shënime për krimbat apo për një krimb dhe s'po më rrinte shpirti i qetë pa e riparë atë tekst. Si gjithmonë m'u desh pothuajse një pasdite për ta gjetur fletoren e painventarizuar, vetëm me një numër në kapak:

Fletorja 150

Burri me plagën në kraharor vetëm qeshi. Nuk i kishte ndodhur prej kohësh. Shumë vite përpara se të plagosej në kraharor. Shumë vite kishte që mbartte atë plagë. Shumë vite para plagës, plus shumë vite pas plagës, bëheshin vërtet shumë vite pa qeshur. Nuk qeshi kot. Qeshi se në plagën e tij pa një krimb. Një krimb të vogël, të bardhë, rruazor, të butë. S'qe në gjendje të kujtonte nëse më parë e kishte menduar mundësinë e shfaqjes së krimbave në plagën e tij të trajtuar shkel-e-shko, veç kur krimbi u shfaq, qeshi. I plogështuar nga qëndrimi i gjatë në shtrat (nëntë vjet, nëntë muaj, nëntë ditë e nëntë orë) edhe qeshja i doli e plogësht, si e fshehur pas një reje. Megjithatë, ajo qe një e qeshur. Po qeshte kur krimbi filloi të shëtiste duke u ushqyer në plagë. Burri e këqyrte me kujdes dhe nuk lëvizte vendit.

Larva, befas e ndali krimbërimin e vet. Burrit iu duk sikur po e braktiste, ndaj filloi t'i jepte zemër:

- Hë, rri edhe pak, sillu andej-këndej plagës sime. Do të kesh sa të duash ushqim, ushqim nga ai që të pëlqen.

Krimbi, si të kishte dëgjuar, u mblodh topth dhe, siç duket, ia futi gjumë nën hijen e një të ngriture të plagës. Edhe burri fjeti. Krimbi u zgjua shpejt, u shtriq përtueshëm e filloi të rrëshqiste ngadalë, krimbërisht nëpër plagë, pa e shqetësuar të zotin. Madje dukej sikur lëvizjet e tij rrëshqanore po ia lehtësonin dhimbjet plagëmbartësit, po i shkaktonin një gudulisje të ëmbël gjumëndjellëse. Pas pak edhe burri i plagosur u zgjua. Ashtu, në kufirin mes gjumit dhe zgjimit, e përshëndeti krimbin e tij të dashur.

- Hej, si ndjehesh miku im? Mirë besoj! A po të pëlqen plaga? Kam plagë të bukur, të thellë, jetëgjatë! – u mburr. - Poshtë saj kam zemrën, a i ndjen rrahjet e saj të vjetra, të verbra? Nëse të shqetësojnë, më thuaj! Mos e ki problem, se e rregullojmë edhe atë punë. Për ty bëj gjithçka! Do t'i them zemrës të pushojë? I them unë, miku im. Veç ti të mos shqetësohesh!

Kështu i foli burri me plagën në kraharor, krimbit të tij unazor, të bardhë e butak, e qeshi me veten deri sa u mpak.

Fuqi kishte pak, e qeshura e tij nuk arrinte as deri te veshët e krimbit mbi plagë. Ky, sikur t'ia kishte kuptuar fjalët, u ndje i prekur në sedër nga përkëdheljet e padronit të vet. Kjo i dha zemër të krimbëronte edhe më me zell.

Në gjithë fisin e krimbave nuk e kishte pasur kush fatin e tij. Kaq e dinte krimbi, ndaj vendosi t'ia shpërblente këtë sjellje miqësore të zotit të plagës. U palos nën një cipë të hollë gjaku, të përzier me qeliza të bardha të vdekura prej kohësh, e polli disa dhjetëra qindra vezë. Pas këtij pllenimi çlirues, u end i vetëm anë e mbanë kullosës së tij. Plagëmbartësi kishte rënë prapë në kllapi. Krimbi, me lëvizjet e tij rrëshqanore, i shkaktonte mikut të tij të rrallë, një gudulisje gjumëndjellëse, qetësuese. Kjo bashkëjetesë po u pëlqente të dyve. S'kishin pse ankoheshin nga njëri-tjetri. Burri me plagën në kraharor dukej i revoltuar me gjithë ata njerëz, që, para tij, kishin shfaqur përbuzje e urrejtje ndaj krimbave. S'arrinte t'i kuptonte ata njerëz. Pse i kishin shpallur luftë krimbërisë, këtyre qenieve të ulëta, të padëmshme, pa palcë kurrizore?! Rrëshqitja e tyre pa gjurmë ishte shumë më krenare sesa parakalimet e zhurmshme e të dhunshme të ushtarëve fitues të luftës së fundit.

Në fund të fundit kishte të drejtë të revoltohej ndaj njeriut, kishte të drejtë ta shihte me simpati krimbin e vet, të vetmen qenie të gjallë, që kish denjuar të ndante me të orët e tij të fundit. Kush po i gjendej më afër sesa krimbi i tij i dashur? Kështu kaluan sekonda, orë, ndoshta edhe ditë. Mes gjëmave të shurdhëta të të plagosurit, një ditë, krimbthat e vegjël dolën në dritë. Nga skaji i majtë i plagës filluan marshimin e tyre të pabujë, të heshtur drejt skajit të djathtë, atje ku i priste një kullotë e paprekur, një plagë e mahisur, e kalbur dhe e gatshme për t'u shijuar. Plagëmbartësit i doli prapë gjumi. Prapë i mbylli sytë. I hapi pas pak sekondash. Kur vërejti armatën krimbërore të shpërndarë gjithandej nëpër plagën e tij të hapur, fillimisht deshi të qeshte. Dështoi. Pas pak iu duk pak e padrejtë, e pahijshme që miku i tij krimb kishte ftuar pa lejen e tij gjithë atë mizëri krimbash të të gjitha madhësive. Të paktën ta kishte informuar për atë ballo, atë darkë krimbërore që shtrohej drejt për drejt mbi plagën e tij. Krimbi duket se i kuptoi hamendjet e padronit, uli kokën si në faj dhe u struk diku. Sjellja e tij nuk i kishte pëlqyer plagëmbajtësit, por ajo "punë e pati tani". "Mirë, mirë!", u pajtua plagëmbajtësi me gjendjen e re. Rishtazi ra në kllapi.

Iu duk sikur po shihte ëndërr. Një grumbull krimbash të mbledhur në një miting. Kishte një krimb që pretendonte të zgjidhej kryekrimb; ky kandidati për kryekrimb po mbante një fjalim me fjalë të zjarrta krimbërore:

- Ne, fisi ynë krimb, meritojmë më shumë! Meritojmë të mbretërojmë! Deri sot na kanë përbuzur, na kanë shtypur kokën si të ishim njerëz e jo krimba! Por nga sot, ne u themi "jo", atyre që na përbuzin. U themi "ndal" atyre që duan të na çkrimbërojnë! Do ta ruajmë natyrën tonë krimbërore edhe nëse do të na duhet të derdhim gjak e të japim jetën për këtë! Çfarë na duhet një jetë jokrimbërore?! Ja pse jemi mbledhur sot këtu: të sulmojmë çdo plagë, çdo të çarë, çdo pikë gjaku sado e pastër që të jetë, pastaj çdo plehrë, çdo bajgë, kufomë, kërmë! Përpara! Në sulm vëllezër! Poshtë njeriu! Rroftë krimbi!

Brohoritjet, sado të shurdhëta, e zgjuan plagëmbajtësin nga gjumi. Atij iu duk se e njihte atë krimb. E kishte parë dikur! Po, po! Qe krimbi i plagës së tij, Krimbpari, krimbi i tij i dashur! Hapi sytë më fort se asnjëherë gjatë atyre nëntë vjetve, nëntë muajve, nëntë ditëve e orëve! Mbi plagnajën e tij gëlonte perandoria e re e krimbave, e bardhë, e prajtë, vdekjeprurëse. Kërkoi me shikimin e fikur se mos gjente Krimbparin, mikun e tij të hershëm. U duk sikur e gjeti. Bëri të ngrinte dorën, siç duket për t'ia shtypur kokën, por dora nuk lëvizi. Pak përpara se krimbat t'ia merrnin frymën, atëherë kur ishte shumë vonë për gjithçka, lëshoi një ofshamë rënkuese:

- Ah, ai krimb!

* * *

Gjithçka ndodhi në fund të atij viti, qe ndryshe. Mjegulla u hoq. Korbat u larguan. Askush nuk foli për të vdekurit. Një gjimnazist u përjashtua nga shkolla, por nuk u dënua me burg. Kishte shkruar një hartim rreth korbave, ku kishte thënë se "aq sa mund të ketë korb të bardhë, aq mund të ketë një qytet të qetë pa i varrosur të gjithë të vdekurit e vet". Maturantët e gjimnazit janë kandidatë për intelektualë të qytetit. Një kandidat për intelektual qe eliminuar. Kjo bëri bujë. Proletariati intelektual i gjimnazistëve kishte rëndësi jetësore për qytetin. Hartimin e tij e kishte pëlqyer edhe poeti më i madh i qytetit. Poeti B.M. kishte thënë se poeti më i madh ka filluar të bëhet aleat i të gjitha plehrave kulturore të qytetit. Hafizja e çmendur kishte qeshur me poetin B.M. Duke folur me një shtyllë metalike, në oborrin e gjimnazit, i kishte thënë:

- Ti që ke zhvirgjëruar gjysmën e karuceve të qytetit tonë, fol e më thuaj: a mund të ketë korb të bardhë dhe kurvë të virgjër? Ky është qytet shkërdhatë! Pikë!

Bash atë mbrëmje që Hafizja i tha këto fjalë, dola

të shëtisja. Qyteti qe pa mjegull dhe shëtitësit e fundit po largoheshin njëri pas tjetrit. Një shkronjëtar tekstesh këngësh, që luante në një instrument arkaik në orkestrën e qytetit, iku i fundit nga shëtitorja, duke vërshëllyer një motiv bajat, me duar në xhepa.

Mbeta qyq i vetëm mes trotuarit. Era e ftohtë e netëve të tetorit vërshëllente nëpër halat e pishave të egra. Tek ndërtesa e komitetit të partisë u dëgjuan hapat e rregullt të policit roje. Në fund të rrugës, te spitali, shpërtheu kakarisja e infermiereve të turnit të dytë. Të qeshurat e tyre për pak kohë u endën nëpër bulevardin e boshatisur, deri sa gratë, me shpejtësi, humbën njëra pas tjetrës nëpër hyrjet e pallateve të betonta. Rishtas u dëgjuan hapat e rregullt të policit roje te komiteti.

Qyteti po më dukej i çuditshëm. S'më kishte shkuar asnjëherë ndërmend të shkruaja për të gjallët e tij. Nuk e di pse më dukeshin të huaj, si jo të vërtetë, si një dekor i zhurmshëm, i panevojshëm për qytetin e romanit tim.

- Hej! O send me dy këmbë!

Ktheva kokën dhe ngjitur pas shpinës pashë Hafizen e çmendur. Kurrë nuk e kisha parë nga aq afër. Drita e shpërlarë e neonit të pistë i jepte fytyrës së saj një zbehtësi mortore. Rrobat kombëtare që mbante veshur, plot me ngjyra, me kontrastet e forta mes së bardhës së thellë dhe të zezës shkëlqyese, m'u dukën fort luksoze. Prej tyre shpërndahej një erë e mirë barishtesh mali. Në dorë mbante një objekt, që m'u duk si gur. Një e rrëqethur, si skurrjel i ftohtë uji, ma përshkoi kurrizin.

- Hafize! - thashë me zërin që më dridhej. - Tregohu e arsyeshme. Unë s'të kam bërë asgjë!

- Oj koqe! Është mollë kjo që kam në dorë, nuk është armë! - tha dhe ia lëshoi një të qeshure gurgulluese. Nuk më erdhi mirë që po më trajtonte si koqe. Sikur të mos përdorte atë gjuhë rrugaçesh, ajo qe një femër që të ngjallte respekt. Qe si një princeshë e vjetër dhe e egër, e huaj për qytetin e veshur me dok kinez.

Thinjat e bardha, që i dilnin prej shamisë, dukeshin të platinta dhe të buta. Më erdhi turp që u tremba prej saj. Si mund të trembesha nga një mollë? Ndoshta qe kompleksi i Adamit, frika e stërlashtë nga molla e Evës. Cili gjarpër djallëzor ia kishte dhënë atë mollë Hafizes së çmendur? Drejt çfarë mëkati po e tundonte ajo qytetin? Ndërkohë e ndali të qeshurën dhe m'u afrua edhe më.

- O trap, je bërë gazi i botës, je bërë! Ti do shkruash roman për qytetin tonë?! Ti po e merr në qafë qytetin. Qyteti ynë është qytet vjershash, këngësh, legjendash e thashethemesh. Qyteti ynë nuk ka nevojë për roman. Qytetit tonë i duhet një kishë. Po, po, një kishë. Një rrugë që s'të çon në kishë, s'të çon askund, një qytet që nuk ka kishë, nuk është qytet!

Shtanga. Hafizja e çmendur po bënte jo thjesht mëkat, po bënte herezi. Si qe e mundur që shoku

S.S nuk e kishte rrasur në burg, ta shpëtonte qytetin nga herezia e saj?

Hapat e policit te komiteti i partisë jehonin në boshësinë e krijuar pas fjalëve të Hafizes. Hapa të rregullt, ritmikë, të prerë, të ngjallnin frikë dhe besim njëherësh.

Polici ndoshta e ka dëgjuar krejt bisedën tonë, thashë me vete. Hafizja duket se e kapi fillin e mendimit tim.

- A e di ti shkrimtar se kishat dhe xhamitë nuk kanë nevojë të ruhen me polic? I ruan vet zoti i madh!

- Nuk e di, Hafize, asgjë nuk di!

Gruaja qeshi zhurmshëm si përrua i turbulluar. E lashë pas krahëve, i tronditur dhe i frikësuar. A ishte Hafizja e çmendur, apo bënte sikur? Për dyzetë vjet e kishim mbajtur për të çmendur. Në fund të fundit kush ishte i çmendur në atë qytet, ne apo ajo? Ajo, ajo sigurisht që është e çmendur! Ndryshe nuk ka se si të kërkojë një kishë, çfarë i duhet kisha Hafizes, a nuk është myslimane? Çfarë donte të thoshte me atë se qyteti ynë është qytet vjershash, këngësh, legjendash dhe thashethemesh, thua se akoma nuk jemi aq të pjekur sa për të shkruar një roman? Por pse jo, tashmë ideja kishte lindur, fjala qe hapur... Tani romani do shkruhet, nuk ka fuqi që e ndal më.

* * *

Do të shkruhet ai roman, por jo tani. Tani? Kurrsesi!

Jo, jo, është shumë herët! Më vonë! Ndoshta më vonë mund ta shkruaj një roman për qytetin tim ...

Tiranë 1989-1993

www.ingramcontent.com/pod-product-compliance
Lightning Source LLC
LaVergne TN
LVHW031606060526
838201LV00063B/4755